시골시인 - Q

시×산문

남길순

김한규

문저온

박영기

조행래

서연우

심선자

시인의 말

'시골시인 **Q**'는 나로부터 확장해 가는 질문(**Question**)이다.
그러니까 낡아 가지 않고 질문을 멈추지 않겠다는 **Q**이다.
Q는 완전체 **O**를 찌르거나
뚫고 나오는 가시 같은 것이기도 하다.

2023년 7월

시골시인- Q

1 남길순

2 김한규

3 문저온

4 박영기

7 심선자

해설

남길순

시집 『분홍의 시작』
40nari@hanmail.net

처서

꽃뱀은 뒷다리부터 냉큼 삼킨다

벌릴 수도
다물 수도 없는 입을
커다란 황소개구리가 틀어막고 있다

죽음을 무릅쓰고
누가 나를 낳고 있는가

고요하다

피 터진다

눈알 네 개가 애원하듯 쳐다보지만

돌아가기엔 이미
늦다

나리꽃 필 무렵

풀이 미쳤다

황소도 아니고
수탉도 아닌
풀이 미치다니

마당 잔디에 뱀이 숨어들어
긴 삽을 들고 엄마가 서성인다
나도 모르게 달려가다가 돌부리에 채어
엎어진다

저게 사내지 계집애냐고,

뱀 꼬리를 잡고
풀밭에 내리치는 무당의 손을 본다

어른들은 모이기만 하면 독한 담배를 피운다
여기저기 미쳐 자빠진 풀이
쓰러져 일어서려 하지 않는다

살이 오른 수탉은

버찌를 주워 먹은 듯 부리와 혀가 까맣다

때죽을 따 던지며 놀다
심드렁하게 돌로 찧는다

물고기가 하얗게 배를 뒤집으며 떠오른다

나만 모르는 소문이
숲 군데군데
고개를 쳐들고 피어올라 있다

짱뚱어

뒤뚱거려라 하니 뒤뚱거린다
꼬리로 서 봐, 하니 물고기가 일어선다
뛰어라 하니 덩달아 여기저기서 뛴다
날아라 하니
이 작것,
물을 건너뛰어 날아가 버렸다
툭, 불거져 나온 눈으로 이번에는 이쪽을 노려본다
인정사정 볼 것 없이 돌진해 온다
뛰지 않으면 타 죽는
땡볕이다
모든 일이 태초 같은 뻘밭에서 일어났으므로
영문도 모르고 물고기를 따라 뛰는 아주 잠깐의 순간
이 있다
진흙 물고기가 높은 봉우리에 올라선다
몸보다 커다란 입을 벌리고 있다
꼼짝없는
비단 지느러미를 쫙, 펼친다

커다란 원

날갯짓 소리가 파도 소리 같다

머리 위까지 내려온 새들의 배가
희다

목을 길게 늘이고
다리를 기다랗게 뻗고

뛰는 일과 헤엄치는 일과 날아가는 일

멀리서 보면 크게, 더 크게 원을 그리는 일이 저들의 일
이지만
가까이 다가가다
머리에

똥 맞는다

잔디밭을 매는 사람 다섯 중에
못난이 한 마리가
섞여 들었다

나머지 넷이 돌아가며
오후 내내 그를 쪼아댄다

저물녘은
누구라도 빛에 휘둘리고

허둥지둥 돌아간다
갈대밭 위를 뒤늦게 날아가는 새가
있다

저 소리는
파도도
울부짖음도 아닌

오랜 기억으로부터 솟구치는 소리

멀리서 바라보는 밤의 나뭇가지들이 아프리카처럼 서
있다

친절한 의사

연기 한 올의 기미가 느껴지는 순간, 약을 드시는 게 좋습니다 이미 불이 붙었다구요? 그렇다면 소화기가 아직 필요치 않을 때 꾹 눌러 불을 죽이세요 저런, 안타깝지만 이제 제가 도와드릴 방법이 별로 없군요 보통은 3일이 지나야 낫는 게 일반적이지만 이 약을 드셔 보세요 속효성 신약입니다 빛과 소리와 냄새와 그 밖의 모든 감각이 과민해지는 걸 피하시는 게 좋습니다 가족력이 있을까요 병의 내력은 그 외의 조건들을 능가하니까요 불이 불을 태우는 단계에 접어들었다면 참 안타까운 일입니다 불가능의 순간에는 스스로 견디는 것 외에 다른 방법이 없어요 슬퍼하지는 마세요 이 병으로 죽지는 않으니까요 고통은 당하는 것이고 다 태우고 나도 재 같은 건 남지 않습니다 세상의 모든 병이 사라진다면 생명은 초절정 기교로 가파르게 미쳐 갈 것입니다 그깟 병으로 무너지지 않기를 바랍니다 병이 남기고 간 흔적에서 쓴 약 같은 위로를 찾을 수 있을 거예요 부디 당신을 활활 태워 보시기를

런닝맨

비상구에는
푸른 사람이 서 있다
바다를 내려가려면 **B2**까지 내려가야 한다고
거기 통로가 있고
미로 건너 작은 통로가 있고
바다로 가는 길이 나옵니다
혹시
아무리 찾아도
길이 없으면 돌아오시겠습니까
가끔 추락사가 발생하거든요
지하를 돌고 돌아도
출구가 없다
갇힌 동물처럼
빙빙 돌기를 반복한다
일출을 보러 갔던 사람들이
돌아오고,
출구는 보이지 않고,
비상구에는
푸른 사람이 서 있고,
고개를 돌리자
환한 빛이 쏟아져 내린다

가물치

지지부진한 날이면 다리 밑 물고기를 보러 온다

팔뚝만 한 영물이 다리 위를 올려다본다

쿵, 발소리를 내 보았다

서서히 수초를 가르며 발밑을 지나간다

천적이 없는 물고기는 계속 자랄까

샛강이 점점 비좁아진다

거기, 뜰채 좀 챙겨 올래요?

뜰채 가지고는 안 될걸 방망이를 가져가야지

기절한 물고기를 상상하며 수초 속을 보고 있다

이쪽으로 다가오고 있다

도끼눈을 치켜뜬다

이모

모란이 입을 연다. 겹겹 쌓인 말을 터뜨린다. 나는 다만 꽃 속에서 사진을 찍고 있을 뿐인데 얼굴도 모르는 이모가 살아 돌아왔다. 나보다 어린 막 피어난 이모가, 왜 불러도 못 들은 체해? 대답할 말이 없어서 그냥 사진을 보여 준다. 내가 찍은 사진 속에 이모가 있는데 이모는 그 사실을 알 리 없다. 저녁 내내 꽃 사진을 들여다본다. 사진 속 모란꽃이 총 맞은 청춘들 같다. 그 아침엔 멀리 갔던 신랑이 온다기에 보리쌀 위에 쌀을 조금 더 얹고 밥을 짓고 있었어. 막 지은 밥 냄새를 맡으며 솥뚜껑을 열다가 총소리를 들었지. 정신없이 골목을 뛰었는데 그 뒤로는 모르겠어. 몰라, 희미해지는 이모 목소리. 행주치마를 입고 신랑 위에 쓰러진 이모는 돌아오지 못했다. 그대로 혀가 굳어 먹지도 말을 하지도 못했다. 며칠 눈만 뜨고 있다 돌아갔다. 나에게도 이모가 있었다고 한다. 새댁의 몸으로 잠시 이 마당을 살다 갔다는,

순천만 일기

　한곳에 2년쯤 살다 보면 자신도 모르게 이곳 사람이 되어 간다. 일러 주지 않아도 저절로 깨닫게 되는 이치와 비밀, 잠깐 지나쳐 가야 할 곳에 눌러앉은 새처럼 어느새 푸른 물이 들었다가 갈대 피는 계절이 오고 또 한 번 갈색으로 몸이 변해 가고 있다.

　이곳은 새가 많다. 새가 있다는 걸 아는 순간 새는 이미 나를 보고 있다. 날마다 만나는데도 처음 보듯 바라보는 눈빛이다. 새와의 거리와 그로 인한 신비감을 적는다. 갸웃거리는 왜가리는 왜? 묻다가 소리소리 지르며 날아 가버린다.

　먼 곳으로부터 날아온 새는 신령스럽다. 너무 많은 큰 새에 둘러싸이면 영혼을 빼앗길 것 같은 묘한 두려움이 생긴다. 저 많은 새들이 모두 한곳을 보고 있기 때문인데, 그곳은 다름 아닌 내 눈이다. 집중과 몰입이 진실 가까이 다가가도록 열심히 살고 열심히 쓰세요, 새를 보고 있으면 가만히 떠오르는 말이 있다.

　자연과 가까이 있다 보면 몸이 시를 쓴다는 것을 알게 된다. 몸은 정직하다. 꽃을 피우기 위해 서 있는 식물처럼 서서 쓴다. 실감이 쓴다. 말이 나오는 대로 지껄이다가 짱뚱어와 가물치를 쓴다. 진실아, 도망가라. 상처도 흉터도 없이 달아나는 날것을 쓰다가 끝까지 따라가지 못한다.

눈에 보이는 것이 내가 아는 전부라면 진실은 이미 날고 있을 것이다. 뛰어가고 있을 것이다. 헤엄치고 있을 것이다. 그러나 진실은 어디 숨어 가만히 있다. 집중과 몰입이 진실 가까이 다가가도록 열심히 살고 열심히 쓰세요! 오늘은 새보다 높이 날아가는 새를 만나고 오는 길이다.

김한규

시집 『일어날 일은 일어났다』
doculine@hanmail.net

컨테이너

벌목공이 길어진다 멀리 해안가에 다다랐던 숲이 돌아오고 있다 발목이 흙과 잎을 덮으며 돌아나가지 않는다 벌목공은 숲을 따라왔다 나무는 쓰러지며 허공을 그에게 덮었다 그를 묻지 않고 쓰러지지 않은 나무는 여전히 잎으로 천장을 만들었다 하지만 만든다는 생각이 없었고 그렇게 있어서 천천히 악취가 걷히지 않는 어둠이 불면도 아니고 화들짝 놀라서 깨는 것도 아닌 냄새를 열다 말다 했다 숲은 데려오지 않았고 서치라이트가 분명하게 벌목공의 등을 훑었다 분명한 과정 때문에 벌목공은 숲에서 길을 잃을 수 없었다 무수하여 셀 수 없는 침묵이 침묵의 기원을 삼키며 드리우지 않았다 뚫지 않으며 비가 내렸고 빗물을 받아 마신 벌목공의 등이 드리워지지 않은 침묵의 골짜기로 내려갔다 길이 쓸려간 먼 해안에서 다시 인간이 설계되었고 죽은 나무는 벌목공의 작업복을 걸어 두었다 벌목공이 줄어들고 있다 숲이 다시 해안가로 내려가고 있다 그것은 방향을 갖지 않고 움직이지 않는 이동이다 빛이 짧아지는 곳으로 무수하여 셀 수 없는 울타리가 이어지곤 했다 서치라이트가 떠내려가는 벌목공의 등을 집어 올렸다 더 줄어든 그림자를 발목이 덮었다 아무 소리를 내지 않고 새들이 나무를 옮겼으나 보이지 않았다

지키는 사람 뒤에서

철문 앞에서 쥐가 죽고 있고
나는 쥐를 넘어간다
쥐의 순간을 같이할 때가 온 것이다

직급이 높은 사람이 오늘이 며칠째지? 수첩을 꺼내며
묻는다 수첩에서 날짜가 낱알처럼 떨어진다 스스럼없이
집어넣고

쥐의 수염은 여전히 생생하고
같은 날이 지속될 것이다

드세요, 문득 받은 아이스크림이 녹고 있다 지금은 여
름인가? 겨울이 섞이며 어디선가 물이 새는 소리가 들린
다

나무 상자에 도장을 찍는 일을 한 적이 있다 가리지 않
은 볕 속에서 조금씩 움직였다 시키는 일을 배우지 않는
심정이 상자 속을 찾았다 바닷가였고 관광지가 아니어서
사람들이 찾아오지 않았다 여럿이 앉았던 자리에 쥐의 행
적이

언 물수건을 쩍쩍 펴서 얼굴을 덮었다 도무지 멋지 않
는 것과

문 밖에는 정류장이 있고 말을 하지 않는 사람들이 서
있다 끼어들지 않는 가방을 두고

그새 어두워진 것은 성냥 한 개면 충분하고 상자는 밝
히지 않는다

검은 빗방울이 굵어지고 쥐의 냄새가 짙어진다 국물
속에 빠져 있는 머리카락을 건져 올리며

찢어진 채 펄럭이고 있는 것이 있다
철컥, 닫히며

U턴하며 U턴하지 않겠다는 숀펜

생각하지 않았다 이미 했던 생각 따위는 아무 필요가 없어졌고 뜻하지 않았다 그랬는데 뜻이 나타난 것처럼 불쑥하였다 없어진 필요가 다시 돌아온 것 같았지만 생각할 겨를이 없었다 마치 지금이 아니면 안 된다며 지금이 아니라도 다시 지금이야 오겠지만 지금을 두고 돌아가야 한다면 돌아가서 어쩌겠다는 생각이 없었다 돌아가게 만들어 일단 돌아가야 하더라도 보장은 나타나지 않았다 보장된다는 미래를 두고 기억이 엎질러졌다 돌이킬 수 없는 마음이 없었고 돌이켜 봐야 상황은 벌어지지 않은 채로 벌어졌다 숀펜은 U턴하지 않는다는 얼굴과 U턴한다는 얼굴을 같이 갖고 싶지 않았는데 돌릴 수 없다는 것을 누구보다 잘 알고 있는 얼굴이 되었다 그럼에도 돌리고 싶어져서 마지막이라 생각했다 아무런 지겨움이 없는 마지막을 생각하자 편안한 유혹이 생겼다 유혹은 마지막이라는 심정을 장악했다 의도가 비롯된 곳이 없었다 아무리 찾아도 보이지 않는 의도가 뒤에서 생겨났다 지금의 숀펜도 여전히 숀펜인지 알 수 없는 것은 불행한 의도가 아니었다 마지막이 아니라면 어떻게 한다는 결심은 마지막까지 가지 않았다 미수에 그치는 날에도 햇볕은 공평했다 타들어 가는 것을 가리지 않아도 타들어 갔다 생겨날 마음은 생겨날 곳이 아니었다 아무도 없는 곳에서 아무나

나타났다 비루먹을 수 없는 날은 아무 저항이 없었다 어
떤 얼굴이 되었는지 쳐다보지 않아도 뒤돌아보았다 한 모
금도 마시지 못한 물이 마른 바닥 아래 고여 있었다 그만
하면 되지 않은 때가 그만두지 않았다 마지막이 자꾸 나
타났다

택시를 탔어, 어디로 가는 택시 맞아?

방금 탔어 맞겠지? 물어보았지만 물음은 되돌아와 택시 안에 떠 있다 창문을 열어도 빠져나가지 않아 물을 수 없는 밤이다 가면서 오고 있는 밤인데 가는 것이 먼저가 되고 있다 비가 오고 있는 것 같았지만 물방울이 맺히지 않았다 달리는 중인데 가만히 있을 수 없게 사라지지 않는다 택시를 타고 간다는 생각이 사라지지 않는 택시를 되돌린다 안도하는 택시인데 안도하기 전에 너무 지나쳐 가고 있다 숨을 깊게 몰아쉬는 방법을 떠올릴 수 없는 채로 몰아쉰다 막히는 거리가 아니고 무한대가 되고 있고 어떤 거리낌도 없는 채로 막무가내가 된다 목적지가 없어도 달리는 성격이 성격을 밝히지 않는다 믿은 것이 어떤 불신의 조짐도 없이 조용하다 뒤에 앉아서 달리는 성격을 거역하지 않으며 멈추는 방법을 골몰할 수 없다 분명하게 말한 것이 분명하게 되묻는 방식으로 다른 사람이 된다 다른 사람은 사람의 형태를 띠지 않으면서 다른 목소리를 들려주지 않는다 움직이는 택시와 움직이지 않으려는 마음은 대결이 없고 승부가 조작될 까닭이 없다 시야는 내릴 시기가 없는 채로 닫혀 있으나 시기를 택하지 않았다 무엇은 아무 무엇도 없는 채로 무엇을 끓이고 있다 질문의 세계가 답의 평지가 없는 곳에서 버려졌다 도착이 되돌아가도 떠난 지점은 그만큼 멀어졌다 내린다면 끝이 당도하면서 다시 시작될 것이다 공포는 공기의 저항을 받지 않은 유선형으로 부드러운 질주가 되었다 섞이지 않는 침묵이 바늘 끝에서 터져 버리는 순간으로 점화되었다 주마등이 미래에서 되돌아가고 달리는 가운데 멈춘 발이 땅을 잊고 있었다 여기서 여기서 여기서 몰아쉬는 숨이 숨을 풀었다 열리는 문이 손끝에서 사라지고 허공에 붙은 바람이 아무것도 추스르지 않았다 택시는 문이 닫히며 택시를 가장하지 않았다 어디야 어디야 어디야……

뭉치

마지막 남은 한 벌의 외투는 쿵쿵거리는 냄새의 뒷전
을 갖지 않는다

잃어버린 신발 한 짝이
남은 한 짝을 버리고
맨발의 빗길에 맞춤하는 맨홀

누군가 구멍을 자꾸 들여다보고 있다 한여름에 돋는
소름이 숭숭한 것을 삼키며

꺼지는 복도와
비틀며 들어오는 것은

저녁 물속을 다 발라먹고 올라온 물고기가 뜰채를 풀
고 있다 열쇠 꾸러미와 순찰하는 플래시 안에서

허리춤이 붙잡는 틈을 비집고
그 사이
잠복이 엇갈리며

벽 안에서 빨래가 썩고

다시 한 마리가 다 안다는 눈빛으로 떠오른다

그 방 창문에는 며칠이 지나도록 어른거리는 것이 없
다 여기서 일어난 일은 일도 아니에요, 그런 말이 소문보
다 먼저 들리는 곳이라면 여기가 분명하다

기대를 잠그며
햇빛을 긋고 있다 칼끝이

가스통

언젠가 나와 있기 좋은 여름이 아니다 여름에 싸인 것
이 들어가 이불을 뒤집어쓰고 있다 다시는 나오지 않고
사라지지 못한 채 닫는다 아무것도 마련된 것이 없는 자
리에서 고막이 흘러내린다 쌓아 놓은 것이 견디지 않는
쪽으로 기울어지는 것을 보이지 않는다 문득 들이닥치는
것을 감지하며 무화과나무가 쓰러진다 기진맥진한 기색
으로 벽을 치는 소리가 종루의 타종에 가려진다 단단한
연결과 단정할 수 없는 위치가 맞물리지 않으며 벽을 타
지 않는다 가 보기로 한 곳에서 끝까지 돌려주지 않는 기
미를 묻고 있다 기다린 시간이 희미한 온도를 태우지 않
으며 돌려세운다 벽을 오르지 않는 연기가 지하를 말끔히
지우며 가루를 남기지 않는다 인간이 타고 내려온 흔적과
빠진 머리카락이 뭉치지 않고 있다 아스팔트가 끝나며 쌓
인 폐타이어 사이로 공터를 내보내지 않는다 부드러웠을
법한 연결이 끊기며 불길은 녹아내리지 않는 방식으로 꺼
지고 있다 빨리 와, 라는 소리가 허리춤을 붙잡지 않으며
끌고 가고 있다 오래되어 낡지 않은 자세가 벽 속에 들어
가 나오지 않고 있다

지나왔습니까?

나는 지금 그곳을 지나가고 있다 지나간다 생선 장수는 보이지 않고 트럭의 천막이 열려 있다 그 옆으로 밀가루가 지나간다 지나가면서 밀가루의 밀자가 흐려진다 보이지 않는 곳에서 한 사람이 잔을 내려놓았다 탁자의 물기가 컵을 슬쩍 밀고 있다 점심때가 지난다 지나가고 있다 가까이서 베니어합판으로 만든 문이 흔들린다 그 위에 젖은 양말이 걸려 있다 빨랫줄은 보이지 않고 비가 눈으로 바뀌면서 눈이 비로 바뀌는 과정이다 밀가루가 반죽이 될 때까지는 예상할 필요가 없다 전기 패널의 온도를 올려야 할지도 지금은 생각할 때가 아닌데 온도는 예감된다 지나가면서 지나오는 이 마을은 성냥 한 개비면 충분한가 아직 어둠은 보이지 않는다 어두워질 것이라는 예감은 산 너머에 머물러 있다 주소가 적힌 종이를 들고 찾는 사람을 지난다 거기에 적힌 주소를 보고 싶다는 생각이 들었지만 종이는 금세 멀어졌다 넘어져 있는 자전거가 눈과 비를 함께 맞고 있다 자전거가 일어설 것인지 알 수 없지만 자전거는 넘어져 있는 것이 대수롭지 않은 듯하다 어디선가 무전기 소리가 들린다 무전기는 보이지 않는 곳에서 서로 알자고 한다 왜 보이지 않는 곳에 떨어져 있는가 찾는 것이 가까이 있지 않아서인지 모르지만 내가 찾는 것은 여기에 없다 나는 지나오고 있다 폐타이어를 얹은

지붕에서 빗방울과 눈송이가 함께 떨어졌다 지나갈 수 있
을 것이라는 생각이 강하다 지나갈 수 있고 지나가고 있
고 지나갈 것이다 아직 지나가는 중이다

밤길에는 표지병이 보일 겁니다

동탄과 노원과 장판

눌어붙지 못한 인간과 광고전단

갈빗살이 잠겨서 불어 터지고

흐린 창이 부은 얼굴을 깨며

24시 콩나물이 실려 온다

안양과 거제와 봉고 뒷좌석

아파트 덩어리와 꺼지는 언덕

느닷없는 눈과 고라니의 모가지가

갈피와 침탈과 흔적이

나가서 돌아오지 않는다

사라지면서 빈 길이

헤드라이트를 벌컥벌컥 삼키고 있다

숨는 연습

분명하게 존재하는 적(세력)과 대결하는 세력은 응집이 있다. 그러나 분명하게 존재하던 적이 사라지고 나면 (가시권에서) 대항하던 세력은 분산한다. 내부의 욕망과 분배가 가시권이 되는 것이다. 나는 이런 상태가 곪아지고 있을 때 떠났다. 응축한 힘이 없어 생활은 쉽지 않았다. 떠돌았다. 떠도니까 떠도는 사람들을 보았고 만났다. 그러니까 이것은 숨는 연습을 위한 이야기다.

생활을 뒷전으로 둔 사람을 본 적이 있다. 이제는 지겹다 못해 닳아빠지고 있는 '대장동'과 같은 땅과 천금千金의 관계는, 오래되었고 지금도 계속된다. 그 사람은 그 천금의 기획을 위해 밤낮이 없다시피 했다. 방세가 밀리고 당장 끼니를 때울 수 없어도 상관하지 않았다. 가상假像의 천금을 현실로 믿었기 때문이다. 처음 봤을 때 까맣던 머리카락은 몇 달이 되지 않아 완전히 하얗게 바뀌었다. 과연 그 기획은 성공했을까.

그러나 나는 언제나 생활이 문제였다. 그렇게 떠도는 동안 무엇인가 내게서 자꾸만 떨어져 나가고 멀어지는 것이 느껴졌다. 생활과 생활 사이에서 삶의 어떤 다른 영역이 있을 것이라는 상상과 환상. 그러나 그 영역으로 가는 길을 알 수 없었다. 그러니까 그것은 또 외부이다. 그렇다면 지금의 나는 충분히 외부인데 다시 외부로 가는 것이

가능한가. 견딜 수 있는 것. 다시 말해 이것은 숨으려고 하는 이야기다.

그러다가 생활과 숨기에 관한 고수를 만난 적이 있다. 적어도 내가 보기엔 그렇다. 그에겐 응축된 힘이 있었다. 한 해 두 번, 중고등학교 방학이라는 성수기에 몰아서 일하고 나머지는 쓰는 생활을 이어 갔다. 성공이나 이름에 연연하지 않았다. 적어도 내게는 그렇게 보였다. 그에게는 쌓여 가는 것이 있었으나 가차 없이 버렸고 다시 쌓기를 반복했다.

어릴 때 집안에는 항상 공포와 일시적인 평화가 공존했다. 형과 누나가 박차고 나가 버린 집에 남아서, 나는 눌러앉는 공포를 내 안에서 무력화시켜야 했다. 활자 속에 나를 걸어 잠그는 방법이 있었다. 그러니까 이것은 숨기 위한 이야기이다.

그러나 나는 나를 재생시키지 못했다. 타인의 시선에 나를 맞추며 욕망을 욕망했다. 내 안에서 틀고 있는 두려움과 공포의 똬리는 풀리지 않았다. 생활의 방편을 찾아 떠돌면서, 떠도는 것도 경험이라면 경험이 쌓이면서, 차츰 당연하다는 쪽으로 기울어져 가기는 했다. 그리고 포기하는 것 또한 알게 되었으니까. 그리고 또 얼마간의 분열은 이분법과는 다른 것이니까. 몇 번, 숙식이 해결되는 일거리는 뼈마디를 과도하게 느끼게 했다. 지금은 식食은 없는 숙宿만 해결되는 일이다. 그러니까 이것은 숨자는 이야기다. 생활과 숨기, 그러니까 생존과 쓰기의 프로젝트이다. 이 글은 사랑하는 책인 김홍중의 『은둔기계』에 빚진 바가 크다. 그리고 그 안에 있는 문장 하나를 옮기면서 물러가기로 한다. "과거의 빛이 현재를 비추고, 현재의 빛이 미래를 밝힌다는 안이한 관점을 포기할 것." 그런데 다시 생각해 보니, 누가 찾지도 않는데 무슨 숨기?

문저온

시집『치병소요록』
hahadang1@hanmail.net

가지 않고

　어디로도가지않는것처럼비가왔다 어디로도가지않
고나는걸었다 비가오는그사이에내가있었다 이렇게넓은
비는처음맞아본다 청량한그고요가다내것이었다 내게로
오는것은다내것이었다 내게서가는것은다내것아니었다
그그들그말그길기억그날그눈빛 마른모가지위에얼굴이
얹혀있었다 시든목이비틀어져뒤를보고있었다 어디로도
가지않고뒤를돌아보았다

염소

물가에 앉은 아이의 허리에 칭칭 감긴, 나무에 길게 묶
어 둔 삼베 끈,

그것이 바로 자유다,

라던 놈은 살았을까, 죽었을까.

받침대가 셋이던,

라켓 사이를 날아다니느라 하얀 셔틀콕처럼 땅에 내려
오지 않던 새끼.

허리에서 엉덩이로 삼베 끈을 벗고 아이는 물로 물로
걸어가 안겼지,

매듭을 풀어 내려놓고 나무는 뿌리를 뽑아서 걸어갔
지,

그 장면엔 기다란 끈 하나가 남는다.

강둑에는 염소, 염소의 앞발엔 칭칭 묶인 끈, 끈 한쪽을

꾹 눌러 깔고 앉은 돌,

햇살에 눈이 먼 어린 염소가 까맣게 나를 돌아본다.

돌을 데리고,

걸어라, 염소야,

새는 나에게 어떻게 왔나

문득 새를 입에 넣은 것처럼,
물을 마시다 목을 닫고 멈춘다
나에게 새 한 마리가 생겼다

나는 새에게 입안에 든 물을 준다
울지 마,
날지 마,

새는 점점 자라나 입천장을 밀어 올린다
날지 마,
울지 마,

새를 데리고는 잠들 수가 없다
나는 붉은 눈을 뜬다
목이 마른다
볼에 경련이 인다

삼키기엔
새는 너무 커 버렸다
(새를 삼키다니!)

뱉으려니 새는 흉측하게 뭉그러질 것 같다
(새를 버리다니!)

뻣뻣해지는 입술을 비집고 새가 나오려 한다

덫을 놓았던가, 내가?

나는 새의 반을 삼키고 구역질을 한다
새의 반을 뱉고
새는 나를 떠나간다

덫을 놓았던가, 새가?

새와 나는
새를 공평하게 나누어 가진다

식도를 타고
새가 나를 통과한다

화상

꽃에 불붙여 손바닥에 올린다 꽃 사이에 너는 올라와 앉는다 발을 모으고 낯을 들고 빠안히 정수리에서 발바닥까지 너는 불탄다 으깨진 꽃잎을 밀어 올리며 너는

살에 불을 놓아 꽃에 불을 붙여 입속에 넣어 주며 맛있지 맛있지 꽃마다 숨은 벌레가 불타며 이 재가 너야 이 재가 나야 예쁘지 예쁘지 죽지는 않으면서 죽겠다고

혈을 판다 꽃을 꽂을 구덩이 거기 불을 심으려고 불을 심어 묻으려고 이 혈이 너라고 이 혈이 나라고 구덩이라고 무덤이라고 불타는 벌레의

예술적인 운동장

금관악기 소리가 밤하늘로 퍼진다

금빛 호른을 불며 체육복을 입은 아이가 조회대에 서
있다

금빛 음악이 검은 운동장을 어루만진다

매일 밤 한 사람 누군가 저기 서서 악기를 분다면 좋겠
다

그게 연습생이면 좋겠다

연습생답게 나는 천천히 운동장을 돈다

잘했어, 잘했는데, 잘 안 되는 부분은 백 번을 연습해
와, 알았지?

마스크를 쓴 사람이 아이를 올려보며 말한다

연습은 좋은 말이다 연습은 예술이 아니지만 연습은
예술적일 수 있다 그러니까,

내가 가는 일도 예술적으로 연습에 그칠 충분한 가능
성이 있다

가능성이 툭 툭 발끝에 채인다

호른은 몸을 말아 창자와 등뼈를 이루었다 예술적으로

독백에 대하여—토吐

작가는 사라졌고 연출은 내뺐어요. 독백은 고백이 아니라고 누군가 주의를 주더군요. 실토하지 않는 독백……그게 독백인 걸까요? 실토하지 않는 독백이 뭔지 생각하려니 실토에 대해 생각해야 하는군요. 사실을 토하다……거짓을 토한다는 말은 성립합니까? 속에 든 것이 거짓이라면 그걸 뱉는 게 맞는데 말이죠…… 진실이란 내장 어딘가에 위치하나 봅니다. 식도나 위장쯤이겠군요. 작은창자 큰창자에 든 걸 토할 수는 없을 테니…… 간 쓸개 따위도 아니겠습니다. 방광이나 항문은 더욱 더…… 클클……거짓이란 놈은 어디쯤이란 걸까요? 피부나 터럭쯤일까요? 눈썹이나 코끝? 손발톱? 입술에 매달린 문지기 같은 걸까요? 피…… 같은 걸까요, 진실은? 내장이 아니라 더욱 내밀한 몸속의 거주자…… 거주하나 일순도 머무르지 않고 흐르는 자…… 달리는 자…… 머무르면 죽는 자……그게 진실일까요? 풉, 그러나 말입니다. 참과 거짓을 어떻게 구분한답니까? 그건 실선으로 나뉘는 거랍니까? 아니면 점선으로? 가변선로로? 토해 보셨으니 아시겠지만 하여간 실토란 그닥 유쾌한 일은 아니군요. 그건 왜 깊숙이 존재한답니까? 누군가 그 깊은 데 욱여넣은 거랍니까? 빛을 보면 말라 죽는 음지식물 같은 거? 독이 스미는 감자 같은 거? 타서 눈멀어 버리는 심해어 같은 거? 어쩌면 깊이

53

아니라 개폐의 문제일지도…… 그러나 왜 사람을 닫고 들어가 있는 거지요? 바람 끝에서도 칼날을 느끼는 통증증후군…… 꺼내자마자 휘발하는 그림자…… 꺼내자마자 자살하는 물고기 같은 걸까요, 진실은……? 실토하지 않는 독백은 이리도 안전한 거로군요. 내 말은 아직 말라 죽지도 눈멀지도 자살하지도 않았습니다. 나지막이 씹어 뱉는 '등신 같은 새끼!' 말고도 혼잣말할 수 있다는 게 기쁘군요. 토하지 않아도 되는 거군요. 토하는 건 줄 알았지 뭡니까? 지금껏. 클클…… 그렇다면 이 독백은 참입니까, 거짓입니까? 어떤 휘발성의 통증이 물 마른자리처럼 투명한 그림자를 내게 드리우던가요? 그러나…… 참 거짓이 그리 중요한가요? 참 거짓이 중요한 문제라고 지금껏 매달려 온 내가 바보 같군요. 네…… 바보였어요. 다물거나 토하거나. 둘뿐이었죠, 나는. 어리석지 않습니까? 그 밤 하천 습지 철제 다리 위에서 들었어요. 웨에에얽. 웨에에얽. 그 소리는 점차 이렇게 변했습니다. 으에ㅔㅔㅔ억. 으에ㅔㅔㅔㅔㅔ억. 어둠 속에서 한 짐승이 토하고 있었습니다. 창자까지 끌어올리는 소리였지요. 끌어올려도 올려도 뱃바닥에 들러붙어 떨어지지 않는 소리였습니다. 쓴물이 목을 태우고 공허와 함께 혀 밑에 고여 드는 소리였습니다. 침이 질질 흐르는 소리였죠. 그건 독백입니까? 실

토일까요? 제 귀에 대고 제가 외는 소리…… 토해 놓고 제
눈으로 보는 소리입니까……

어둠을 찍을 때도 빛은 필요하였다*

저거를 어쩌면 좋소, 하는 대목에서 깨었다. 죽은 아버지가 안 죽은 고모를 향해 찢어진 부침개나 가리키듯 나를, 저거를 어쩌면 좋소. 애인은 기다릴 텐데, 동생은 책을 펴 말을 붙이고, 한나절이 한 계절처럼 갔다. 삼촌이 비닐에 싼 사탕과 담배를 건넸다. 문 없는 환한 문 앞에 나는 서 있었다. 기댄 머리에 꿈속의 단단한 벽이 닿았다.

* 강운구

연극

I

널브러져 누워 있다. 뺨을 바닥에 대고 다리를 구부려 모로. 왼팔을 당겨 얼굴 앞에 놓고, 떨구듯 부린 손의 엄지와 검지를 벌렸다. 무엇을 잡기에도, 무엇을 얻기에도 무력한 손. 바짓가랑이 아래로 드러난 맨발. 갈빗대는 조명을 받아 고랑을 판다. 살가죽이 헐겁다. 입술 사이로 뭉그러진 말이 희미한 죽처럼 흘러나오는 것 같기도 하다. 그러나 그가 아무 말도 하고 있지 않다는 건 누가 보아도 알 수 있다.

II

손전등이 바닥에 놓여 얼굴을 비춘다. 그는 눈을 뜨고 있다. 눈을 뜨고 본다. 바닥에 얼굴을 붙인 채 흘기거나 치떠서 바라볼 수 있는 것들을. 그러나 그 머리 옆에 내 머리를 놓고 뺨을 바닥에 붙이지 않는 이상 그가 무엇을 보는지 알기는 어렵다. 그는 나와 당신을 본다, 아마도. 어쩌면 부신 눈앞의 환영을.

III

팸플릿을 든 사람들이, 객석을 향해, 그가 누운 바닥을, 그의 눈앞에서, 딛고 지나간다.

IV

웃통을 벗은 그가 소품처럼 놓인 무대. 늙고 야윈 상반
신. 움푹 꺼진 눈두덩과 툭 튀어나온 두 눈을 내놓고 그는
숨 쉬고 있다, 아마도. 모른 척하기에는 불편한 시간이 흐
른다. 집중한대도 그는 움직임이 없다. 물체같이 눈 뜨고
있다. 그의 시선과 살아 있는 고요와 대치하기에는 내 고
요의 무게가 너무 가볍다. 그는 그를 보라는 것인가? 아마
도. 그는 아름다운가? 글쎄. 그는 지금 무언가 이야기를 던
지는 중인가? 글쎄, 아마도. 그를 보느라 나의 시선을 매초
지각해야 하는 일은 고되다. 고되므로 몇몇은 팸플릿을
뒤적거린다.

V

그는 그를 전시한다. 그러니 당신은 그를 보아야 한다.
일 초 뒤 그는 몸을 뒤집을지 모른다. 바닥을 짚고 벌떡 일
어날지 모른다. 어쩌면 저렇게 영영 죽어 버릴지도 모르
지만. 이제 십 분이 지났으므로 우리에게는 십일 분이나
십이 분의 꺼내 쓸 인내력이 있다. 어쩌면 저대로 극이 끝
나 버릴지도 모르지만. 말없이 누워 있던 그가 누운 채로
행위를 끝낸다 해도 그의 잘못이란 없는 것이다. 그러나

우리는 십삼 분, 십오 분의 인내심을. 마침내, 암전.

열무와 잎사귀와 달팽이

지금 생각하면 그건 수직 때문이 아니었을까 싶다. 그러니까 열무를 화병에 꽂아 둔 때문이 아니었을까. 푸른 잎사귀 끝으로 새끼손톱만 한 달팽이가 기어오른 것은.

열무를 화병에 꽂았다고?

그렇다. 그렇지만 나를 이상하게 생각하지는 말라. 나는 한 다발의 어여쁜 열무를 받고, 그것을 비닐봉지에 묶어 두거나 냉장고에 처박아 두고 싶지 않았다. 솎아 내기 전 그것이 무밭에 서 있을 때처럼 싱싱하게 꼿꼿이 세워 두고 싶었다. 화병에 찬물을 붓고, 뿌리째 열무를 꽂고, 그리고 얼마 뒤 그가 나타났다.

그는 열무보다도 더 어린 것 같았는데, 소라처럼 말린 껍데기가 거의 투명해서 비칠 지경이었다. 그러나 연한 배를 밀며 잎사귀 끝을 향해 열심히 오르고 있었다.

안녕?

이런 인사도 이상하다고 생각하는가? 나는 그가 반가웠다. 그는 아주 자그마해서 그가 움직일 때마다 푸른 열무 잎사귀는 휘지도 흔들리지도 않았다.

나는 가위를 꺼내 달팽이가 붙은 잎사귀 끝을 잘랐다. 북쪽 창을 열고 서늘한 밤공기 속으로 던졌다. 지금 생각하면 그건 좀 이상한 생각이었지만, 나는 3층 높이를 잎사귀가 사뿐히 내려앉기를, 잎사귀에 앉은 채로 그가 지상에 가볍게 도착하기를 바랐다.

내 손을 떠나자마자 잎사귀는 팔랑 뒤집혔다. 그 짧은 사이 달팽이가 잎사귀를 붙들었는지 놓쳤는지 알 수 없었다.

아침에 주차장 바닥에 코를 박고 달팽이를 찾았다. 참 나, 당신이 달팽이라면 밤새 어디로도 가지 않고 그 자리에 주저앉아 있겠는가? 그러나 찾았다. 시들어서 쭈글쭈글해진 열무 잎사귀 조각만 바닥에 붙어 있었다. 달팽이는 깨지지도 밟히지도 않았다!

내가 화병에 열무를 꽂은 것과, 가위로 자른 잎사귀를 창밖으로 던진 일과, 주차장 바닥에 쪼그리고 앉아 달팽이를 찾은 것은 아무도 모른다. 셋 중에 몇 가지가 이상한 일인지는 모르지만, 내가 이 이야기를 당신에게 들려주는 이유도 모르지만, 어쩌면 내가 쓴 시는 그 열무 잎사귀 조각 같은 걸지도 모른다. 달팽이 한 마리를 얹고 좀 멀리, 좀 가볍게 그러나 팔랑 뒤집히면서, 비행과 낙하 사이를 잠시 산다.

박영기

시집『딴전을 피우는 일곱 마리 민달팽이에게』
thorn0420@hanmail.net

부추 같은 우울

살 한 점 없이 발라낸 푸른 뼈 같은 게
길어나요
먼
우주에서 지상에 닿을 별빛처럼
울음을 잘 참아요
참다 보면 얼굴이 하얗게 피어나요
여름 내내
전을 부쳐
좀 드셔 보세요, 없는 사람에게
권해요, 그러면
당신은 술내가 좋다 그러시고 졸전이 맛나다 볼이 미
어지고
고향이 다르고 이름이 달라도
같은 맛이 나요
바다 건너 제주에서도
세우리 지지는 냄새가 나고 돌아서면
또 나고
나요 살이 지져지는 내내
길어나요 기름한 목 아래
푸른 벼랑이 생겨요
센 머리카락처럼 흰 발가락으로

짐승 한 마리 다 빨아먹고서야

허공을 뚫어

흰 구멍

그제야 별은 지상으로 내려올 통로를 가져요

충분한 휴식

잠깐 쉬어도 괜찮아 감자와 양배추를 까다

양배추가 손을 물어뜯어도 괜찮아

양배추 잎이 신신파스처럼 손에 붙어도 괜찮아

겹겹으로 붙어 내 손이 양배추만 해도

안 괜찮아도 괜찮아 양배추 잎이 손이라 우겨도

퍼런 잎을 펼쳐 보이며 봐봐 손금도 있어

겨드랑이까지 긴 생명선 얼른 죽기 글렀어도 괜찮아

지운 자국같이 희미한 재물선

죽을 때 지고 메고 갈 거 아니니까 괜찮아

손바닥이 양배추같이 차가워도 괜찮아

손바닥이 와삭 부스러져도 괜찮아

부스러진 손바닥을 모아 양배추수프 끓이면 되니까

두 달 동안 배앓이해도 괜찮아

병원은 많고 아는 의사도 있고 약국도 가까이 있으니
까

약기운에 힘 부치면 잠깐 쉬어도 괜찮아

까다 그만둔 감자 얼굴 시뻘게져서는

얼른 안 일어나

복부를 가격해도 괜찮아

쉬고 나면 물먹은 양배추처럼 싱싱하게 살아날 거니까

괜찮다 생각하고 괜찮다 말하면 정말 괜찮아

아직 죽을 시간 충분히 남아 있으니까 괜찮아

태풍 분다고 폭우 쏟아진다고 시간이 쓸려가지 않을
거니까

그러니까 잠깐씩 죽었다 깨어나도 괜찮아

오후의 동물원

내 눈에 망아지 목덜미 갈기가 붉은 잔디로 보인다 혀
로 감아 뜯을 수는 없고 앞니로 물어뜯기에 적당한 길이다

내 입이 망아지 등에 박힌 어처구니다
어처구니가 돈다 맷돌이 돈다 좁은 우리 안에서 돈다

가장자리로 비켜선 조랑말들 눈빛, 왜 저럴까 정말 저
러고 싶을까 건초나 씹지 우리는 건초나 씹자 오물오물,
건초만 씹는

우리에 갇혀 외모는 무슨, 내 꼬리털이 잘린다 꼬리가
짧아지는 만큼 말이 길어지고 생각이 짧아진다

오후는 길다 갈기 물린 망아지 입장에서
오후가 짧다 갈기를 문 내 입장에서

가끔 당근이 날아온다 채찍은 날아오지 않는다 어처구
니없는 맷돌만 보인다

흰 낙타 이야기

베었다 몇 차례
꿈속에서
내리는 눈송이를

눈보라로 왔다가 눈보라로 만나 눈보라로
헤어졌지만 곁을 떠도는
눈송이

오래 떠 있는 눈송이가 막 떠오르는 눈송이를 품고

가만히 있으면
위험해,
몸이 뜨거워지면

움직여

움직일수록 달라붙는다
솜털 같은 얼음 비늘 달라붙을수록
뜨거워진다

사흘 낮 사흘 밤

붉은 눈송이를 품은 흰 눈송이를 벤다

꿈속에서

눈보라 치는 벌판을 달리다
눈송이로 만나
눈보라 속으로 사라진다

훔친 시

흰 면面을 보면 커터 칼로 낙서하고 싶다

산란관이 아흔아홉 번 찢길 여왕벌이고 싶다

새로운 칼이 나올 때마다 애인처럼 바꾸고 싶다

음악당에 도둑처럼 숨어든 바람이고 싶다

악기를 바짝 끌어안고 떨리는 심장을 느끼고 싶다

예술고교 교장실에 걸린 그림을 훔치고 싶다

1959년 창신동 박수근 집 마루에 앉아 햇볕을 쬐고 싶다

아이를 업고 벌거벗은 나무 아랠 걷고 싶다

혓바닥으로 화강암 표면을 스윽 핥고 싶다

튀어나온 모서리들은 죄다 깎아내고 싶다

곤포 사일리지 빵빵한 허릴 슬쩍 긋고 싶다

날개 단 지푸라기에 불을 붙이고 싶다

열받은 네 얼굴에 불타는 화로를 덮어씌우고 싶다

운동장을 뛰는 축구선수 발 냄새를 맡고 싶다

식음을 전폐하고 한 백 년 살고 싶다

카야*에게서 떠난 엄마에게 박수쳐 주고 싶다

나에게 뱀을 던진 놈을 그 뱀으로 패 주고 싶다

알파카이고 싶다 따라오는 놈에게 침 뱉는

애벌레이고 싶다 몸통과 입만 있는

누군가를 잡아먹고 날개를 얻고 싶다

애벌레 쪼다 고양이에게 심장 찢기는 새이고 싶다

하늘에서 까마귀 깃털처럼 바람을 타고 싶다

먹구름처럼 겨울 강물에 떠 있는 청둥오리이고 싶다

긴 세 개 발가락으로 늪지대를 성큼성큼 걷고 싶다

물꿩처럼 살아 보고 싶다 수꿩 말고 암꿩으로

멍석만 한 가시연잎 위 여러 개 둥지를 틀고 싶다

둥지마다 다른 수컷 알을 낳아 그 수컷이 포란하게 하
고 싶다

모서리 죄다 깎여 매끄럽고 둥근 알은 깨 버리고 싶다

들쥐 등에 푹 파고드는 올빼미 발톱이고 싶다

일주일 동안 울컥울컥 수액을 뿜는 잘린 그루터기이고
싶다

도끼에 조각조각 쪼개지는 장작이고 싶다

공중에 걸린 이빨 달린 변기이고 싶다

칼을 물고 놓지 않는 피꼬막이고 싶다

식물이기도 동물이기도 한 동충하초이고 싶다

분탕질 치는 한 마리 미꾸라지 새끼이고 싶다

소리 안 나는 총을 두 자루 갖고 싶다

다음 시는 '실패한 시'를 제목으로 쓰고 싶다

* 델리아 오언스 소설 『가재가 노래하는 곳』의 주인공

게와 파도

달랑게들이 집게발로 모래를 퍼
입술로 꾹꾹 다질 때
모래는 면과 면끼리 만나 서로의 면을 붙들어

모래구슬

게들은 구슬을 빚어 행성을 만들고
아이가 발자국으로 행성과 행성을 이어 바람의 자리,
물의 자리,
불의 자리,
흙의 자리,
무수히……,

별자리가 태어나는 동안

먼 바다 산호 뼈는 모래처럼 부서지고
파도는 더 잘게 부수어 세모래를 만들고

바닷물이 왔다 떠나갈 때
사라진다
별자리가

생겨난다

하루 두 번

게들은 집게발을 접는다 편다

지구 반대편으로 가는 빠른 방법

여기 알밤이 한 톨 있다 어디로도 가지 않고 여기 있다
비켜 앉을 마음 조금도 없이 앉아 있다 넘을 수 없다는 말
들이 가고자 하는 반대편으로 간다 남은 혼잣말이 말한다

그렇다면 터널을 뚫읍시다

첫 삽 뜨기 전 상에 오른 돼지머리, 실눈 뜨고 보고 있다
산 너머를 보고 있다 본 것에 대해 말하지 않고 웃고만 있
다

뚫읍시다
터널!

빠져나갑시다
몸을 꽉 조이는 이 심장에서

소리칠 틈도 없이 태풍예보도 호우주의보도 없이

물이 들이닥친다 터널 안으로 뒤에 드는 물이 먼저 든
물을 밀어낸다 물과 함께 물 위로 떠오른다

망망대해에 떠 있다 시선이 걸터앉아 쉴 바위 하나 안
보인다 보이는 건 시선이 한달음에 내달리는 수평선뿐이
다 다가가면 물러선다

물 아래에는 구멍 숭숭 뚫린 알밤이 한 톨 있다

양파

반 가른다

칼을 중심으로 벌어지는 겹겹의 괄호들
괄호 밖으로 물러나는 어둠
괄호 속으로 뛰어드는 빛
괄호 속에서
흰 빵을 굽고 눈물샘이 넘치고

보름달을 품은 초승달과 그믐달
기도하는 손

고요한 수반에 가지런히 모은 손

뻗어 내리는 물의 하얀 발가락
솟아오르는 물의 푸른 손가락

빈 심중에 고이는 물의 근육

다시 양파

반 자른다

철렁 내려앉는 가슴
거울 속 희디흰 얼굴과 마주한 흰 얼굴

펼쳐 놓은 흰 노트

양파가 양파 속을 읽는다

상상 속의 그 무엇

처음 본 폭포는 모든 소리를 집어삼킬 듯 큰 소리를 내며 아래로 돌진했다. 용소는 짙푸른 눈알을 휘휘 굴리며 떨어지는 폭포수를 응시했다. 쩌억 벌어진 입은 끊임없이 떨어지는 폭포수를 끊임없이 삼켰다. 넘치지 않는 용소의 깊이가 궁금했다. 그 바닥이 궁금했다. 무엇인가를 가득 품고 있을 것 같았다. 나는 용소로 빨려들 것 같은 두려움 때문에 내달려 용소에서 멀어졌다.

물 아래 깊이를 알 수 없을 때, 저 인간 속내를 알 수 없을 때, 어둠에 덮여 있는 그 무엇을 눈으로 확인할 수 없을 때, 어떤 실체가 드러나지 않은 때, 상상 속의 그 무엇은 밑도 끝도 없이 확장한다.

바닥이라는 말보다 본색이라는 말이 좋다. 본색이라는 말보다 본질이라는 말이 좋다. 본질이라는 말보다 기질이라는 말이 더 좋다. 기질을 살리려면 어떻게 해야 하나.

물속에서 발을 부단히 움직이며 물 위에 떠 있다. 바닥을 보지 않으려고 안간힘을 쓰고 있다. 하지만 '저 인간 바닥이 보이네.' 감추려고 애를 써도 바닥은 드러나고 만다. 헛힘 쓰지 말자. 몸에 힘을 빼고 바닥으로 가라앉는 것을 두려워하지 말자. 그러나 가라앉는 건 쉽지 않다. 그렇지만 바닥에 닿지 않고서는, 바닥을 딛지 않고서는, 바닥을 보지 않고서는, 쓸 수 있을까? 살 수 있을까?

조행래

zoodekant@gmail.com

식도락

　살기 위해 소용하겠다는 살기를 품고 살해에 대한 사
례로 얻은 목숨이 빈 수레에 매달려 요란하게 끌려가며 벗
겨진 등가죽이 배때기를 보전하다 노출 콘크리트에 남긴
피 칠갑마저 길이길이 남을 것이라는 믿음으로 발기 없이
사정 사정 사정하며 소망이라는 말 사랑이라는 말 입에서
항문으로 밀어낸 것이 시간이 흐르는 방향으로 순순히 초
조한 주름 사이로 미끄러지는 것도 피어오르는 더운 김이
비린 냄새를 휘감아 물 빠진 양분과 합세하여 물끄러미 물
크러지는가 하면 표정은 살집을 얻어 위아래로 벌어지고
좌우로 꿈틀거리는데 흐르는 피에 마르는 군침이 섞여 후
려치는 가격을 상쇄시키고 들숨에 페어링 날숨에 마리아
주 목젖을 할퀴는 박장대소의 몫이 목의 구멍을 넘어가지
못한 채 기도를 막고 피가 도는 살결의 결기가 왕성해지는
가운데 배설은 구체적 육체를 넘어서지 못하고 마른 향기
가 살찐 영혼을 미혹할 때 나를 먹으라는 구호가 도처에서
발작함과 동시에 사기그릇 위에 플레이팅된 유사 비건 죽
음은 나를 싸라고 윽박지르고 복부가 마블링을 동경하여
봉오리를 틔울 때 달리듯 터져 나오는 육즙 싱그러운 따스
함으로 앞뒤 없이 녹아내려 파고들 때 힐링이 온몸으로 빨
려들어 부족 없는 만족이 촉촉하게 감고 들어 축축하게 번
질 때 수비 없는 소비를 반기며 광채를 뿜낼 때 토한 나를

다시 먹어라 부채를 뿜어대면서 한 번 더 나를 매끈하게
싸라 따듯하고 번듯하게 다시 없이 끝도 없이 계속 지속
즐겁게 부디 굳이 즐거이 살과 살이 살갑도록

칼잠

눈알을 안으로 풀어내며 꿈을 꾸지 않기로 다짐 이를 갈며 빠진 이 대신 잇몸으로 곱씹어 보아도 돌아누워도 말짱 도로 너비 없는 모로 돌아가 아무도 모르게 벼리고 누워 그것이

온다 더듬이를 가지고 혀도 또 모자라서 지팡이를 짚고 쉬지 않고 아주 느리게 달이 뜰 때 발목을 떠나 놓고 달이 지고 있는데도 아직 무릎 위 지치지 않고 두드리며 명치에 두드러기 발자국을 남길 때

목덜미에 가시 돋친 소름이 이불을 끌어 올리고 서늘해지는 발목 초조해지는 발목 둘이 딱 붙어 주거니 받거니 혼잣말과 혼잣말이 누운 날 위에 올라 쩍 갈라지더니 쏟아지는 졸음이

귓바퀴로 흘러 소용돌이치고 고막을 쓰다듬고 막을 내려야 하나 뒤척이는데 날 위에 녹이 내리고 날이 새고 갈고 또 갈던 어금니 부스러기가 혀에서 솟는 부스럼이 반대편 귀로 새어 나가고 새하얗게 흘러내리고

모루 위에 누인 몸 위로 단단한 단잠이 드디어 단 하나

의 단념이

붕괴

일어날 생각은 없이 일어서려는 단 하나를 주저앉히는
열둘이 유유히 가라앉으며 발휘하는 압력으로 기어이 뭉
개고 우뚝 선 채로 창백한 기름이 휘발하는 가운데 가루
가 된 과로의 과거를 반죽하여 반죽음의 형상을 빚어내고
는 채 마르기도 전에 기대어 넘어가지 않기를 명령하면서
밀치며 쓰러지는 쓰라린 치욕을 위로하지 않고 위에서 내
려보며 이럴 줄 알았다고 혀를 차며 아직도 부서지지 못한
나머지를 발로 차며 채울 마음도 없는 자만을 근위병 삼아
강요하는 자살의 의도를 깃발로 나부끼며 조용히 종용하
는 동시에 낡은 밑창으로 축축한 다짐을 짓이길 때 비집고
나오는 미세 비명을 무단으로 방치해 둔 채로 흩어지지 않
으면서 모이지도 않는 간극마다 웃음이 차오르면서 웃음
아닌 것들이 흘러내리는데 다리를 접고 뻗기를 반복하며
누울 자리를 찾은 엉덩이 열둘 진창에 박힌 채로 여전히
일어날 생각이 없고 허물어지는 하늘이 눅눅한 낙진을 넉
넉하게 흩어 뿌리는데 흐물대는 기도가 앉은자리에서 활
짝 벌어진 채로 빈틈없이 막힐 때까지 가루가 무게로 쌓일
때까지 각자의 꺼진 여유와 까진 살갗을 끌어안고 어디에
도 어디로도 아무에게도 일어난 적이 없는

양생養生

까인 데 까이고 가루가 되어 또 까이며 멘탈의 안위 따위 알기를 개의 좆으로 하면서 죽기를 바라지 않고 몰살하는 몽상의 틈바구니 비집고 들어 위아래 없이 젖어 드는 물기에 독과 약을 함께 태우고 쥐도 새도 모르게 새카맣게 모르타르 곤죽이 되도록 처맞고도 불어 터진 살점 한 스푼도 포기하지 않으려는 악착과 박살 난 관절밖에는 무엇도 아무에게도 기대지 않기에 기대는 척박하게 거대해지면서 서걱대면서 출렁이면서 유독성 냄새를 피워 올리는가 하면 흘러내림을 추슬러 올리고 또 쓸어 올리고 쓸데없이 말랑거리지 않게 단단해지다 못해 딴딴해진 장딴지 힘으로 뛰어오르는 동작을 이미지로 트레이닝 각을 잡고 요지부동을 내리꽂고도 깨지지 않겠다는 다짐을 잘게 다져 입자와 입자 사이로 따스한 입김 한 줌 끼어들지 못하도록 사주를 경계하며 팔자를 은폐하며 돌격을 대기 거꾸로 매단 시계를 두고 내일이면 아니면 모레 모레 모레 자갈로 입안을 채우고 우물거리며 얼지 않고 굳지도 않고 느리게 말라 깨지지 않기 위해 단단함에 이르러 잃을 것이 없어지기 위해 도래할 붕괴에 의연해지기 위해 좀 더 미세한 가루가 되더라도 끝내 녹아 흐르지는 않기 위하여 곤궁하게 굳건하게

활개

펼쳐지는 돌출이 찬사를 웃어넘긴다

넘기고 난 후에 남은 것에 두었던 미련을 접는다

접혔던 것이 다시 펼쳐지고 활짝 피어오르지 않고 아
래로 뒤로
처져 버림의 편에서 버티고 선 것들을 이긴다

한 번 더 접고 펼치고
떨어지고 있으면서도 아직 지상은 아니고
허공이 공공연하게 공허하지 않고
내려가는 것들 사이에 섞인 오르는 것들에 숨어
순항하는 것이 된다 결코 순응하지 않고
씨줄과 날줄의 작업에 대항하는 근섬유로 작업한다

흔들면서 흔들리면서 잠들도록 달래면서
어떤 몸도 잠들지 못하도록 훑으면서
범람하는 허공과 밑 빠진 허우적의 흔적을 흩어 놓으
면서
희미해지는 반항의 반향과 놓아 버린 무게에 괘념치
않으면서

허공을 쓸어 담는 채에 잡힌 채로
촘촘하기만 할 뿐인 그물의 무력을 빠져나가 말없이
흩날리는 가루로써 겨우 안전한 채로

전락의 전략을 펼치면서 아래로
접으면서 더 아래로

산책

　가랑비 속에서 멈추지 않고 움직이는 가랑이 사이 고
랑으로 흘러나온 호흡이 텅 빈 땅과 부딪치며 소리를 찍어
내는데 세련된 시련으로 치장한 내장에서 울려오는 떨림
에 몸을 사리며 노상에 방뇨하고 마지막 한 방울까지 떨쳐
내고도 남은 가느다란 털 오라기가 섬유에 박힌 채로 땅에
닿지 않으려는데 하늘을 가로지르는 해오라기 울음소리
오늘 밤 우린 안 죽어 아직 버릴 것도 주울 것도 많은 오늘
밤에는 얻은 것을 오른쪽 잃을 것은 왼쪽 불알에 쑤셔 넣
는데 한 통 속에서 뒤섞이는 통증과 죽은 꽃향기가 진동을
멈추지 않고 해진 걸음은 번갈아 앞으로만 나아가려는데
가로등 없이 구부러진 길 위에서 죽어 가면서 아직 산 채
로 고꾸라지지 못하고 고목에 기대어 선 채로 제자리를 찾
지 못한 제자리걸음이 썩기에 대항하는 시체로 주기운동
하는 와중에 마른 가지가 가랑잎을 떨구고 손끝은 떨리다
가 닿지 못하고 고개는 가로저으며 젖어서 무거워지고 가
는 빗속에서 더는 가지 못하는데 묵은 걸음 아래 고름 찬
땅이 싹을 썩을 싹을

생장

지금 빠지는 머리칼과 이전에 빠진 머리칼이 떼로 드
잡이하는 수채 앞에서 기세가 수세에 몰리면서 아무것도
빠져나가지 못하게 그러나 칼날만큼의 틈이 수위를 얇게
저미면서

끝내 비우지도 넘치지도 못하고 빠진 만큼 채워지는
속도 녹슨 창살의 밀도와 매달린 비누가 녹는 온도 한도와
초과가 끝도 없이 연장 결별한다던 살과 비듬이 거품 속에
서 서로 껴안고 미끈거리는 삶과 죽음 흉내를 내면서

물이 물을 물고 빨고 부서지고 들러붙으면서 다 자라
지도 못한 줄기가 뭉텅뭉텅 빠지면서 목덜미를 휘감아 조
이다 풀려나가 다시 기어오를 생각은 못 하고 위에서 뿌리
를 흩어 뿌리면서 아래로 계속 자라나 사그라지지 않고 사
라지면서 소용돌이를 남겨 놓았지만 어디에도 소용되지
않고 피어오른 증기가 녹슨 창살을 핥으면서

수채를 역류해 솟아오르는 쥐 대가리가

노려보는 새까만 씨앗 둘이

마른 비누가

허공에 싹을 틔운다

낮은 자세

무슨 일이 일어나더라도 일어서지 않을 기세로 앉은 채로 눕지도 않고 오직 그 자세로 위에 얹힌 것들이 쏟아 내는 것과 무작정 달려들어 껴안는 것을 무심하게 언짢은 기색도 드러나지 않도록 창백하게 토해지는 것을 빠짐없이 바닥없이 받아들이고 밑도 없는 바닥에서 닦이지 않은 밑을 보는 밑 빠진 바닥으로서 들이마시고 씹지도 않고 넘기고 굳은 채로 무절제한 냄새 대신 앉음의 자세를 도맡아 군건하게 콘크리트 자맥질로 세라믹 질식하면서도 의연하게 오직 버리기 위해 벌어지는 밑을 보면서 밑을 잇는 밑을 샘하지 않기로 그 이상을 이 너머를 셈하지도 알지도 앓지도 않기로 그저 앉아 있기로 앉아 있다가 눌린 레버를 포용하면서 태초에 이미 삼키고 흘려보내 버린 혀를 목젖을 기념하지 않으면서 아무도 위협하지 않으면서 락스를 관용하면서 수세에 몰린 채로 포효하면서도 공격을 표현하지 않기로 마저 버릴 것을 버리고 떠나 버리는 밑을 오그라들어 짓이겨지는 주름을 쫓지 않으면서 새하얀 눈길로 앉은 자세로 차분하게 새로이 차오르는 무게를 다시, 아주 낮은 자세로

불꽃놀이하는 사람들

야외무대에서 일할 때 나는 음향을 담당하는 팀에 속해 있었다. 축제는 무대설치나 조명, 비디오처럼 다른 분야에서 일하는 사람들과도 만날 수 있는 기회였는데, 특히 인상적인 사람들은 불꽃놀이하는 사람들이었다.

그들은 게릴라 작전을 하는 비정규군처럼 흩어져 숨죽이고 있다가 해야 할 일이 있을 때만 한데 모여 일사불란하게 움직였다. 담배 피울 때는 무리 짓지 않았고 제각기, 연기보다 담뱃불에 집중하는 사람들이었다.

무대 위에서 일어나는 다양한 일들이 서로 깊거나 얕게 연결되어 있었다고 한다면, 불꽃놀이는 그것들과 별개로 이루어지는 이벤트였다. 그래서인지, 그들은 다른 팀과 분리되어 따로 행동하면서 과묵했다. 외로움으로 맺어진 작은 공동체처럼 보이기도 했다.

그림자처럼 검은 옷은 입은 그들은, 전투와 죽음이 키워내는 낭만이 사라져 버린 현재의 기이한 전장을 활보하는, 지난 세기의 용병들 같았다. 국가도 민족도 믿지 않고, 오로지 생계를 위해 싸우며 하루하루를 계산하는 사람들. 이곳의 축제가 끝나면 저기서 다시 시작될 축제를 향해 장비를 챙겨 떠났다.

어떤 때는 하늘을 채운 짙은 어둠의 틈에 한 줌의 빛을 뿌려 놓고 밤을 경작하는 사람들 같기도 했다. 유목민과

농경민으로 오가며 어떤 역할에도 구애받지 않고, 밤과 하늘을 오롯이 소유한 사람들 같았다.

다른 각도에서 보자면, 무대의 다른 팀들은 서로 연계하고 야합하여 기획된 결과물을 남기는 정치인처럼 보였는데, 그들은 지상의 일에는 무관심한 채로 고개를 들고, 짧은 순간 번쩍이며 하늘을 수놓는 불꽃에 골몰할 뿐이었다. 그럴 때는 꼭 외딴 수도원에 칩거한 수도사의 모습이었다.

그리고 그들은 시인을 떠올리게 했다. 다른 글들이 글쓴이의 존재를 증명하고 존속시키기 위해 쓰일 때, 시는 글쓴이가 스스로 존재한다고 여겨지게 만드는 허울을 벗겨내고 사라질 수 있는 기회를 마련하고 있으니. 불꽃 아래에서 일렁거리다가 사라지는, 그들은 순간이 명멸하는 삶 속에서 진정 제대로 살아가는 시인들 같았다. 피어오르는 것에 대한 두려움도 사라지는 것에 대한 두려움도 없는 삶. 화려한 불꽃에 가려 보이지 않는, 불꽃이 사라지고 나면 영영 보이지 않는 사람들.

폭발음에 이끌려 밖으로 나왔을 때, 원룸촌의 옥상 위로 터져 나가는 불꽃들이 보였었다. 가을은 무르익어 버렸고, 인근 대학교는 축제 기간이었다. 담배 한 대 피우는 시간 동안 나는 무대 뒤편에 있었다. 고려되지 않은 관객으로 서서 바라보았던 풍경을 되새기며 이 글을 쓰고 있다. 불꽃놀이는 이미 오래전에 끝났고 이제 비가 내리기 시작했다. 그들, 불꽃놀이하는 사람들은 지금쯤 밤의 고속도로를 달리고 있을 것이다. 졸음과 싸우기 위해 큰 소리로 음악을 틀어 놓고, 따라 부르는 입술 사이에는 연이어 담배가 물려지고 있을 것이다.

서연우

시집 『라그랑주 포인트』
seosd0301@hanmail.net

남겨진 죽음들

생각할 것이 많은 사람들은 구석에 모인다
죽음을 문 구석은 문전성시다
땅을 보고 하늘을 보고 땅을 보며
구석의 바깥으로 넘어가는 마음 급한 냄새를 다독이고
발로 비비고 침을 덜어낸다
몸이 사라지는 죽음에 대해 생각하는 동안에도
구석은 모였다 사라졌다 모이고 사라지는 사람들이다
이런 격조에 맞는 쓰레기통은 어디에 있는가
늘 그랬듯이 버리지 않는 척 버리는
이건 일자리 창출이라고

진짜 같은, 누군가 바라본다

노란 조끼를 입고 빨간 장갑을 끼고
허리가 굽은 사람이 죽음을 찾는다
사거리 교통섬에서 죽음의 흔적을 없애려
알루미늄 집게를 든 허리 굽은 사람이
죽음 하나에 몇 번의 시도를 하는지 지켜본다

어느 쪽인지는 잘 모르겠다

앞차의 손가락이 담배를 툭툭 튕긴 뒤 더 멀리 튕기고
안 그런 척 차 문을 올릴 때
훼손되는 범죄 현장을 지켜보는 블랙박스와
일과 일자리 사이에서 생각한다 이거 신고해 말아

아직 찾지 못한 죽음은 빗물받이 안에 있다

터널을 지나는 동안

너는 병원에 도착할 때까지
스물한 개의 터널을 세고 있었어

더 빨리 도착하기 위해 구멍을 뚫은
산이 그렇게 깊은 줄 몰랐지
터널을 통과하기 전에는

어떤 터널은 어둑어둑
빛을 몰고 들어가도 어둠이 달려나왔어

나는 숨을 몰아쉬었어
허풍처럼
위험한 거라곤 전혀 없어

너는 입술에 담쟁이넝쿨을 심었어
마스크를 벗기 전에는 다들 몰랐어
고양이처럼 오래 버티려

뼈다귀탕 묵은지를 맛있게 먹었지
더 세 보이는 언니가 됐어
입술걸이에 코걸이까지는 견뎌 내라고 했어

귀밑에 있는 사마귀 점 하나 뽑으려는데
한 달 뒤까지 예약이 다 차 있다잖아

터널 속, 심플하게 빠져나간
살과 피는 어디로 갔을까

내 몸은 몇 개의 터널을 뚫을 수 있을까

삭도를 타고

길이 올라간다 저기를 여기처럼 올라간다 가는 길을 아는 것처럼 길이 길을 추월한다, 도대체, 마주치는 사람이, 없는 산길이다, 돌길이다, 돌아갈까, 오후 세 시다, 아무것도 한 것 없는

더는 아무것도 할 게 없는 바위다, 절이라도 하듯 몸을 숙인다, 손이 발이 되도록, 발이 손이 되도록, 오른다, 언젠가, 올랐을지도 모르는, 낯선 느낌

멈칫멈칫, 제자리인, 계단이다, 세 발 네 발, 심리적 계단이, 다 오른 마음이, 아직 계단 아래에 머문 몸을, 바라보는, 물리적 한숨이, 그래, 암자가 어디 가겠어

얼음물 한 모금을 마시고, 온몸으로 울다, 저만치 기와지붕을 올려다본다 어쩌자고 저 산꼭대기에 암자 지을 생각을 했을까 혼잣말할 때, 초록에 갇힌 길이 펴진다 서쪽으로부터 나뭇잎이 불어온다

더 나아갈 힘이 하나도 없어, 발이 멈춘다, 한잔하고 가세요 푯말이 먼저 보이는, 보리암이다, 커피믹스다, 움직일 수 없다, 햇볕에 널어 말려도 녹아내리는, 팔월이다

뜨거운 믹스커피라니, 미쳤어, 그래 미쳤어, 뜨거운 커
피가 뜨겁지 않다 그렇지, 이열치열이지, 경치와 부처가
다 무슨 소용이야 언제 어디에나 있는 커피믹스 앞에서

　반은 햇볕이고 반은 그늘진 아래를 내려다본다 햇빛꽃
이 핀 나무들 위로 외줄 궤도를 타고 삭도가 올라온다 삭
도를 타고 과일이 올라온다 아,

고라니

-오나?
고라니가 울고 숨을 곳이 없는
나는 북쪽으로 차를 몰았다

-아침 뭐 먹었어?
-아무것도 먹기가 싫다. 그럴 리가
내가 아는 고라니는
아이스팩을 머리에 이고도 잘만 먹던걸

-오늘은 뭐 했어?
-오늘은 회관에서 화투 치고 놀았어.
-잘했어, 한쪽으로만 들어도 고라니!

-단술 만들었다 너 오면 주려고
-알았어, 나를 아는 고라니
나는 단술을 좋아하지 않는다는 것을
말하지 않고

고라니는 항상 나보다 먼저 운다
-왜 나냐고 왜 나냐고
-당신 엄마가 아니야 하면,

-안 들려 하는
한쪽만 안 들리잖아 고라니!

-안 오나?
오늘은 저음으로 운다
그래 나는 당신 것이었지 응당 그래야 한다는 듯
고라니, 나를 기다리는

내 심장의 작은 구멍
우리는 마주 볼 때
서로 다른 안도의 숨을 쉰다

메타세쿼이아를 베는 굉음

눈 감는다고 사라지는 세상이 아니다

사는 것이 낯선
살지 않는 것도 낯선
눈 감으면 사라지는 세상이
눈 감는다고 사라지지 않는 세상처럼
하나일 수 없는 것이
하나가 되는,

그해 여름 골목길

으르렁 소리만으로도
악, 소리조차 내지 못하고
물린 나의 종아리와
물고 놓아주지 않던 나의 숨소리
어느 쪽으로 가야 할지 모르고
어느 쪽으로도 가지 못하던,

그 개가
달려온다, 한여름 태양처럼

눈사람

입꼬리가 올라간 사람들은 존재하지 않는다
여기,

우리는 모두 웃지 않기로 한
사람들,

혹시라도 웃음을 뱉을까 입을 가리고
웃음의 배후를 생각한다

이상하지,
뜬 눈으로 긴 잠에서 깨어나

너는 왔다, 다시
예언적인 조짐을 가지고

웃음이 없는 웃는 얼굴에서는 박물관 냄새가 나
사람들은 모른다, 모르던 때

들리지 않아도 들리던 한 뼘 웃음소리
얼굴무늬 수막새, 막아서고 있다

사람은 없고 수소문한 마스크만 있는
여기, 새로운 폐허

우리는 모두 스마일 마스크 증후군, 가만가만

우리를 알아볼 수 있을까
누가,

내일의 마스크 속 마스크를 진저리 치는

삼호로 교차로

냉동삼계탕을 점심으로 먹고

목은 최대한 길게 빼고
아무도 바라보지 않으면서
아무나 바라보는 눈으로
왜가리 한 마리가 걷는다
머리 위로 시웅시웅 차들이 달리고
그 아래에
여기 있었을 리 만무한 파르테논
신전이 있다
다리를 받치는 기둥 사이

너 고개를 끄덕이는 켄타우로스 봤니
순간, 보여!

그렇지, 여름엔 다리 밑이지

인생 무엇 있나
인생엔 무엇이 있다

그랬지, 그땐

벼 그루터기에도 살얼음이
얼었지, 들판으로 바람 쐬러 나간 아버지들이
청둥오리를 자루째 마당에 부리던 그날
순간 떠올라 내 머리끝이 쭈뼛
하지만 그땐 그렇지

정신 차려, 자꾸만 바뀌는
신호등,
무슨 말이든 해야 할 것 같아 왜가리

사람들은 그냥 앞만 보고 가 가던 길을 가

어디로?
저녁에 오리백숙 먹게 동굴집으로 와

누군가는 여전히 치열하게 싸우고

와불처럼 누워 있었다

바다는 매일 집을 나갔고
갯벌이 한숨을 내쉬었을 때

작은 나무가 태어났다

바다가 지나치게 멀리 나갈 때마다 나무는
조금 더 바다 쪽으로 씩씩해졌다

나무는
나무가 아니어도 나무였다 나뭇

가지에 감태가 선명해졌다 국경을 넘어
알락꼬리마도요, 개꿩, 검은머리물떼새가 날아들었다

이따금
카메라 셔터가 안짱걸음으로 까불댔다

찍힌 줄 모르고 찍힌 순간도 모르는 사이
시간은 서로 다르게 흘렀지만 하나의 나무를 향해 있

었다

있기도 하고 있지 않기도 해서
잃어버린, 틈을 비집고 자라나는 가장 유일한

나무는 어디까지 자랄까

나무의 방향은 새 발자국 가까이에 있다

국민체조

바람이 펼친 페이지가 불안했습니다. 아이들은 각자의 자리에 앉았고 선생님이 교실로 들어서고 있었습니다. 나는 창문을 닫으려 손잡이를 당겼습니다. 생각처럼 쉽게 닫히지 않았습니다. 힘껏 있는 힘을 다 주었습니다.

탁! 하고 큰 소리가 났고 창문은 닫혔습니다. 선생님이 교실로 들어선 바로 그때였습니다. 다짜고짜 누구냐고 물었습니다. 나는 손을 들었습니다. 앞으로 나오라고 했습니다.

선생님이 왜 나오라고 한 줄 아느냐고 했습니다. 나는 문을 세게 닫아서인 것 같다고 했습니다. 교탁 옆에 무릎 꿇고 앉아 있으라고 했습니다. 처음 받는 벌이었고 혼자 받는 벌이었고 수업 시간 내내 받는 벌이이었습니다. 억울했습니다. 억울해서 다리가 아픈 줄도 몰랐고 무슨 수업을 하는지 하나도 머리에 들어오지 않았습니다.

점심시간을 알리는 종이 울렸습니다. 우리는 점심을 먹기 전에 국민체조를 해야 했습니다. 선생님이 인제 그만 일어나라고 했습니다. 나는 다리에 쥐가 나 일어서지를 못하고 그 자리에 주저앉았습니다. 움직일 수가 없었습니다. 선생님이 다리를 주물러 줬습니다. 그러고는 선생님한테 욕한 것 아니냐고 물었습니다.

아이들은 앞다투어 운동장으로 달려 나가고 있었습니

다. 선생님이 나는 국민체조를 하러 나가지 않아도 괜찮다고 했습니다. 그 일이 있고 난 뒤 수업 시간에도 그 어디에서도 나는 선생님과 눈을 마주치지 않았습니다.

선생님의 마지막 수업 시간이었습니다. 선생님께 하고 싶은 말이 있으면 해 보라고 했습니다. 아이들은 모두 아무 말도 하지 않았습니다. 선생님이 나를 콕 짚으며 너는 할 말이 있지 않으냐 했습니다. 나는 없다고 했습니다. 선생님은 나는 자기를 잊지 못할 것이라고 했습니다.

아닙니다. 선생님,

정말 잊지 못하는 것은 그때 딱 한 번 빼먹은 국민체조입니다.

다시 시작하는 아침에 한 번도 빼먹지 않고 그때 그 국민체조를 합니다. 국가대표 체조선수들을 따라 숨쉬기할 때, 목 운동을 할 때, 어깨에서 목에서 우두둑우두둑 엉겨 붙은 문이 열리는 소리가 들립니다. 태양이 솟구쳐 오릅니다.

심선자

phera@hanmail.net

퇴근

달이 밤마다 육교 위의 집을 드나들었다 달의 집 같았
다 달을 찾으러 육교 위를 오르면 달은 어느새 머리 위 나
를 들여다보고서 더 빛나는 밤을 보여 주려 한다 팔을 뻗
으면 달이 내 몸을 통과한다 사방이 깜깜해도 가는 곳마
다 그림자를 데리고 다녔다 돌아가란 안내문이 없어서 좋
았다 기다랗게 뻗은 길을 하염없이 따라가다 가다 그 길
이 길이라서 좋았다 터져 나오는 울음이 달리는 코뿔소처
럼 멈추지 않아서 좋았다 울고 난 후에 젖은 실뭉치를 손
바닥 위에 뱉어내는 게, 얽힌 것을 확인했을 뿐인데, 일어
나지 않은 일은 결국 일어나지 않아서…… 이제야 내가
희미해진 사람처럼 아무것도 아니라서 좋았다

크로와상

그의 얼굴을 반죽하면 부풀어 오른다

옷에서 불 냄새가 났다
산불감시원인 그는 산속을 헤매다 가끔 마을로 내려오
곤 했다

그늘진 얼굴이 산속 같았다

밀가루로 켜켜이 만들어 붙인 얼굴
밀가루는 섞이는가 싶더니 사이사이 텅 빈 신뢰일 뿐

끝없이 달라붙는 그의 피부,
코와 귀를 이어 붙이면 달의 모양이 되었다

의심과 의심이 엉겨 붙어 완성된 얼굴은
크레센트*
어떻게든 일그러져 위험에 빠진다

해가 지면
구름에 반쯤 가려진 그의 얼굴이 활활 타오르고

타버린 얼굴을 스쳐 지나가면

부서지곤 했다

* Crescent, 초승달

벽은 알지

모르는 문제라고 자꾸 잡아떼면 옆방 사람이 널 묻을지 몰라

한밤중 501호에서 들려온 욕실 물소리, 아파트 전체가 적셔지는 기분이에요

침대는 왜 옆방에 누운 코골이를 짓밟고 있나, 물살을 꺾는 소리에 놀라 더 큰 폭포 소리를 내는 중

유리창을 닦지 않은 기분으로 벽을 향해 걸어가 그 속에 얼굴을 넣으면, 나의 얼굴은 조용하고 동그랗게 말려있다

구해 줘!

놀란 난 슬슬 뒷걸음질 치다, 다시 침대 위로 뛰어올라

괜찮아, 벽은 단단하고

투명한 목소리
나는 껍데기야, 누구의 안이 되지 못했어

궁금하다면 내게 다가오면 돼

나는, 너니까

우리는 계속 같이 있으니까

밤에

밤에 내린 눈을 옥상은 이해한다는 것인가
주저앉아 있다

어디서 가둬 놓은 바람이 한꺼번에 풀려났는지 흰 물
감을 뒤집어쓰고 죽을 쒀 놓은 세상

눈동자에 떨어진 눈송이 눈이 얼굴에서 녹는다 다가와
서 자세히 보면 흰 살이 죽죽 찢어져 날리는 것 같은데, 자
세히 볼수록 폭탄 같은데,

엄마는 떨어진 인형의 눈알을 꿰매고 있다 잠도 자지
않고서, 인형을 다 만들면 엄마, 어디 가지 마세요 우리는
사랑으로 태어났잖아요

푹푹한 솜이불 위 먼지가 폴폴, 우리가 뛰어놀기 좋은
곳, 우리의 꿈은 여기에서 만들어진다

이 광경은 무덤까지 지워지지 않는다

너무 추웠는데 따뜻하다 말하면 거짓인 것인가
걸레가 얼어붙은 밤이었기에 죽지 말자며 서로의 얼굴

에 입김을 불어넣었지

흩어진 눈과 깃털과 폭탄과 먼지를 향해 우리라도 우
릴 바깥으로 내치지 말자며 다짐하는 밤

엄마, 눈이 내립니다 사랑하는 것이 녹습니다 멀리 날
아갈 수 있는 것이 고요히 내려앉아요

우리들의 방

우리 둘이 여기서 거짓말 실컷 하자
난 이 방 좋아하고
널 좋아하고, 거짓말을 좋아하고

너도 나 좋아한다 그러고 거짓말을 좋아하고
거짓말은 그렇게 잘 이루어지고

툭하면 영혼이 없고

말한 적이 없다고 한다
있는데 없다고 말하면
저 문은 닫히고

오래 질겨지는 것은 놔두자
오래 놔둔 것은 더 질겨질 리 없으니

이 방으로 들어온 우리는 우리가 아니다

내 손에 묻어 있는 말, 네 얼굴에 숨어 있는 웃음,

얼굴은 길어지고

혀는 목구멍을 틀어막고

우리가 아닌 모든 것들이
얽히고설켜
비명을 지를 때까지

어느 골목에서 놓친 것들

바라본다는 건,
달아나지 않는 것.

파는 이도, 사 가는 이도 없는,
새 가게 안.
갇혀 있는 새를 바라본다.

하늘보다 바닥이 가까운 새는, 날개를 찢은 새는, 새장 문을 걸어 잠그고 있다.

사람들이 북적이는 아르마스 광장에서도, 노을뿐인 망고 거리에서도 두 눈 가득 달아날 생각이 없는 새를 바라본 적이 있다.

한 세계에서 다른 세계로 걸어가는 사람들의 팔꿈치는 어디로 향하나

먼 곳으로 떠나온 나는 손에서 놓지 않겠다는 마음으로 비닐봉지를 붙들고.

너를 꼭 잡았다가

놓쳤다가
결국엔 잃어버렸지.

모습

(내가) 나타날 때까지
그러나 보이려고 애쓰지 않았다

(내가) 나타났다

낯선 누군가 다가오고 누구 아니냐는 물음이 들렸다
(나는) 그렇게 보였다 드러났다

그렇게 이렇게 그런대로 살았어 우리 언제 보고 마지
막이지? 오가는 질문 속에 우리의 모습은 여름이 되고 가
을이 되고 넌 그때 행복해 보였어

겨울의 눈처럼, 음악이 들렸지

다가가려고 애쓰지 않았지만 다가와 있는 것이 보였다
그게 꽃이라면, 눈물이라면, 고양이라면, 가둬 놓은 채 안
부를 묻는 물고기라면

점점 뒤틀리는 침대가 불안해서 방을 뛰쳐나가는 아이
야, 나를 바라보는 아이야, 남들과 좀 다른 모습의 내가 거
기 있는데, (나를) 좀체 알 수가 없다는데, (네가) 제대로 못

봐서 그래, (나는) 다시 가려지고 있다

　이곳을 빠져나가려 지하 계단을 빠르게 올라서고, 저기, 우리 얘기 아직 안 끝났는데, 라는 말이 등 뒤에 꽂힌다

　다가와, 보고 싶다면

공을 보세요

영원한 소녀가 테니스장으로 걸어 들어간다

나의 공으로 밤하늘에 포물선을 그리고 싶어 공중의 두려움을 모르는 난 바닥에 떨어진다 공은 수평으로 날아가야 합니다 수평으로 밀어내세요, 더 평평하게!

쩌렁 울리는 코치의 목소리

무릎 아래서 공이 수평을 정확하고 빠르게 통과할 수 있도록 공을 보세요 공을, 나는 돌아가고 싶어 내가 왔던 곳으로

영원한 소녀가 날린 공이 공중을 포갠다

발자국이 쌓인 테니스장은 온통 고요한데 도망가는 공을 도망치는 공이 쫓아가다 공중에 부딪혀 한꺼번에 떨어지고 영원한 소녀의 발치로 다가가 죽는다

아직 죽지 않은 공이 코트에서 갈팡질팡 웅크리고 있다

엉망이라도 괜찮은가

나는 매일 분노를 썼지만 얼른 지우고 싶었다. 오늘을 지우려고 세수를 한다. 이런 식으로 지우다간 내가 꺼질 지경이다.

언니는 아직도 날 미워하나? 나는 자꾸 태어나는 동생이 지겨운 찰나에 태어난 동생이었다. 태어나자마자 미움을 던져 주었지. 그럴수록 나는 더 비뚤어지고 싶었다.

오늘도 어제같이 여전한 아침. 싸우고 지쳐서 기절한 저녁. 어떤 날엔 라면을 더 먹겠다고 싸우고, 어떤 날엔 국수를 상대에게 던졌다. 해가 져서 컴컴해도 불을 켜지 않은 방 안엔 국수가 눈물 가닥같이 흩어져 있었다.

동전을 던져서 앞이 나오면 집을 나갈 거라고 결심했던 밤이었다. 언니가 갑자기 친절해졌다. 마치 내 일기를 몰래 훔쳐본 사람처럼. 우리가 태어나는 건 우리가 모르는 얘기다. 나는 아침마다 눈을 감고 걸어 다녔다. 신발도 없이. 그러면 밑을 보고 다니라는 말이 들렸다.

네 삶이 엉망진창이라고 말한 것, 내가 미안해, 언니. 우린 한줄기에서 자란 나뭇가지야. 언젠간 모두 잘려 나갈 거야. 우린 여기서 떨어질 거야. 바닥에서 만나.

차이의 장소에서 듣는 시인들의 목소리

이병국 시인·문학평론가

1.

한 편의 시가 그 시를 읽는 모든 이들에게 동일한 의미로 받아들여지는 것이 아니듯 한 권의 묶음으로 출간된 시집이라고 해서 그 안에 자리한 시인들이 단일한 정체성으로 규정될 리 만무하다. 따라서 '시골시인'이라는 합동시집 시리즈로 엮인 시인들의 시 세계를 관통하는 하나의 의미를 찾고자 한다면, 그것은 시인의 다양한 목소리를 삭제하고 시집에 담긴 풍요로운 사유를 필사적으로 억압하는 꼴이 될 수도 있다. '시골시인'의 명명에서 짐작할 수 있는 것처럼 이 시집은 도시, 더 나아가 서울과 대비되는 공간으로서의 시골(로 상상되는 지역/지방)에 거주하며 창작 활동을 이어 가는 시인의 다채로움을 알리는 데 의미가 있는 것이라 할 수 있겠다. 이러한 활동은 개별 시인의 단독성이 상호 통섭하여 다자성 충만한 관계의 양태로 드러나며, 이를 시로 표현함으로써 다성성을 감각할 수 있도록 한다. 다시 말하면 시인의 개별적 경험과 사유가 개인의 자기 창조 경험을 넘어 타인과의 능동적 관계 맺음을 통해 시적 차이를 생성하고 이를 다시 하나의 경향으로 형성하는 힘을 구성하는 데 시집의 중핵이 놓인 것이다. 그로 인해 시는 발생의 새로움을 향한 변화의 사건이 되어 활력적 유희를 지니게 된다. '시골시인-Q'라는 제하에 모인 남길순, 김한규, 문저온, 박영기, 조행래, 서연우, 심선자 시인이 각각 구성해낸 세계는 그들의 단독성에 기반을 둔 자기표현이면서 존재의 공통 구성으로서의 삶의 형상을 상호 통섭적인 관계를 통해 생성하는 역동적 차이의 장소인 셈이다.

2.

『시골시인-Q』에 묶인 시인들의 시편들에서 '시골'이라는 공간은 시적 장소로 기능하지 않는다. 이는 지역적 특성이 시의 제재로 투사되거나 삶의 불가피한 정황으로 기입되지 않는다는 것을 뜻한다. 그럼에도 '시골'과 '지역'의 정서적 층위에 감응할 수 있었다면 그것은 삶의 기반으로서의 장소가 내면화되어 있기 때문일 것이다. 알다시피 우리의 정체성은 단지 주체의 내적 확고부동함에서 비롯되기보다는 그가 맺는 관계에 의해 좌우된다. 또한 관계는 장소의 포괄적 구조 안에서 이루어지는 사건이기 때문에 정체성은 장소와 결부된 능동적인 경험과 기억을 토대로 구성되기 마련이다. 그리고 그렇게 구성된 존재의 양태가 예술적 짜임으로 재구축되어 형상화된 것이 우리가 읽는 『시골시인-Q』의 세계인 것이다. 이는 남길순 시인이 산문 「순천만 일기」에서 언급한 것처럼 "자연과 가까이 있다 보면 몸이 시를 쓴다는 것"과 같다. "짱뚱어"와 "가물치"를 마주하는 장소의 "실감"을 전유하여 "집중과 몰입이 진실 가까이 다가가도록 열심히 살고 열심히 쓰"는 행위. "모든 일이 태초 같은 뻘밭에서" 일어나는 것이라서 "뛰지 않으면 타 죽는/땡볕"을 감각하고 "물고기를 따라 뛰는 아주 잠깐의 순간"(「짱뚱어」)의 동일시를 존재의 사건으로 수용하여 존재의 방향성을 인식할 필요가 있다. 이는 "뛰는 일과 헤엄치는 일과 날아가는 일"의 차이를 무화시키며 "더 크게 원을 그리는"(「커다란 원」) 순환성에 복무할 따름일 수도 있으나 시적 주체의 주관적 사고와 경험의 배열은 삶의 양태를 숙고할 수 있도록 이끄는 계기가 된다.

　남길순 시인이 묘파하는 삶의 양태는 시 「처서」의 처연함에 가닿는다. 꽃뱀이 황소개구리를 잡아먹는 상황을 포착함으로써 서로가 서로에게 고통으로, 죽음으로 전이되는 순간을 강렬한 전율과 함께 선사하는 이 시는 욕망과 그로 인한 충동이 야기하는 비애를 감각적으로 묘파한다. '처서'라는 절기가 주는 한가함과 달리 시적 정황은 긴장감으로 충만하다. 황소개구리를 "뒷다리부터 냉큼 삼킨" 꽃뱀은 "벌릴 수도/다물 수도 없"이 입이 막힌 상태다. 그 모양을 상상하면 삼킨다기보다는 토해내고 있는 모습이 그려진다. "죽음을 무릅쓰고/누가 나를 낳고 있는가"라는 구절은 죽음과 탄생의 역설적 전이를 진술하지만, "돌아가기엔 이미/늦"어 버린 상황을 낳을 따름이다. 삶을 추동하기 위한 행위가 죽음을 양산하는, 저 욕망의 아수라가 처서의 고요를 채운다. 그곳에서 존재가 할 수 있는 일이라곤 "불가능의 순간에는 스스로 견디는 것 외에 다른 방법이 없"다는 것, "고통은 당하는 것이고 다 태우고 나도 재 같은 건 남지 않"는다는 것, 그럼으로써 스스로를 "활활 태워"(「친절한 의사」) 내는 수밖에 다른 방법은 없다는 삶의 진실을 남길순 시인은 냉정하게 그리고 있다.

반면, "그만하면 되지 않은 때가 그만두지 않았다"(「U턴하며 U턴하지 않겠다는 숀펜」)고 말하는 김한규 시인은 부정을 다시 부정하는, 부정의 형식적 미학을 통해 삶의 가능성을 낯설게 바라본다. "분명한 과정 때문에" "길을 잃을 수"조차 없는 "벌목공"의 양태를 그리고 있는 「컨테이너」에서처럼 김한규 시인의 시적 주체는 부정의한 세계에 예속되어 있다. 시적 주체를 둘러싼 세계의 강압적 요구는 "분명한 과정"으로 반복되어 고통을 야기하며 이는 "분명하게 말한 것이 분명하게 되묻는 방식으로 다른 사람"(「택시를 탔어, 어디로 가는 택시 맞아?」)의 자리에 서도록 하는 부정이라서 주체로 하여금 "찢어진 채 펄럭이"(「지키는 사람 뒤에서」)도록 강제한다. 시적 주체가 할 수 있는 일이라곤 부정을 부정하는 방식으로 의문에 부치고 고통을 흐르게 하는 것이다("시야는 내릴 시기가 없는 채로 닫혀 있으나 시기를 택하지 않았다 무엇은 아무 무엇도 없는 채로 무엇을 끓이고 있다"(「택시를 탔어, 어디로 가는 택시 맞아?」)). 이는 산문 「숨는 연습」에서 밝히고 있듯이 "눌러앉는 공포를 내 안에서 무력화시켜야" 하는 시인이 "활자 속에 나를 걸어 잠그는 방법"으로써 '~않다.', '~없다.', '~아니다.' 등의 부정 서술어를 반복적으로 차용하여 "생활과 숨기, 그러니까 생존과 쓰기의 프로젝트"를 수행하는 의지로 연결된다. 즉, 부정의 형식은 시적 주체가 부정의한 세계로부터 "냄새의 뒷전"(「뭉치」)으로 전락

하여 잉여적 존재가 되는 것을 거부하는 숨기이자 쓰기의 방법론적 수행이라 할 수 있다.

김한규 시인이 형상화하는 시적 주체의 삶은 세계를 부정하며 동시에 자기부정을 수행하는 와중에 예감되는 불안을 어떤 연유로 어쩔 수 없이 끌어안고 있어야 하는가라는 의문에 닿는다. "내가 찾는 것은 여기에 없다 나는 지나오고 있다"는 불안한 삶을 "지나갈 수 있고 지나가고 있고 지나갈 것이다 아직 지나가는 중이다"(「지나왔습니까?」)라며 지금 여기에 고착된 것이 아닌 '분명한 과정'으로서의 삶으로 전유하여 불안을 향유하는 데로 나아간다. 비록 이 수행이 "기대를 잠그며/햇빛을 긋"(「몽치」)는 것에 머무른다고 할지라도 예속된 존재의 도피로써 숨는 것이 아니라 부정의 방식으로 새로 쓰기를 하는 한 삶의 다른 가능성은 시인에게 필연으로 찾아오게 될 것이 분명하다.

3.

문저온 시인의 시적 주체가 거주하고 있는 장소 역시 김한규 시인의 시적 세계와 유사한 듯하다. 그곳은 "어디로도가지않는것처럼비가"(「가지 않고」) 오고 기다란 끈에 묶여 제한된 반경만이 허락된 곳(「염소」)이다. 그곳에서 시인은 "내가 가는 일도 예술적으로 연습에 그칠 충분한 가능성이 있다"고 말하지만, "연습은 예술이 아니지만 연습은 예술적일 수 있다"(「예술적인 운동장」)는 것을 알기 때문에 자기부정의 방식을 취하지 않는다. 문저온 시인은

"문 없는 환한 문 앞에" 서서 "꿈속의 단단한 벽"(「어둠을 찍을 때도 빛은 필요하였다」)에 머리를 기댄 채 부정적으로 인식된 상황조차 "그것이 바로 사유"(「염소」)라고 말하며 삶의 방향 전환을 시도한다. 비애를 환멸로 받아들이지 않는 태도라고 할까. "널브러져 누워"(「연극」) 고요를 수행하는 배우를 인내심을 갖고 보아야 한다고 말하는 시인의 의지는 단순한 낙관에의 지향이 아닌 날것으로 전시되어 있는 삶을 직시하고 그것이 야기하는 감각의 순간을 돌아봄으로써 주체의 자리를 사유하는 데로 이어진다.

이는 발화 욕망의 전이라고 할 수 있는 '새'를 감각하는 것에서 알 수 있다. 「새는 나에게 어떻게 왔나」에서 '새'는 시적 주체의 입안에 깃들어 무력한 주체의 정체성을 탐색하게 한다. 입안의 든 새에게 '나'는 물을 나눠 주며 공존하지만, 새는 이내 자라 "입천장을 밀어 올린다". 그러나 '나'는 "울지 마,/날지 마,", "날지 마,/울지 마,"라고 되뇔 뿐이다. 이 발화는 새를 향해, 혹은 입 밖으로 뱉어내는 그 무엇이 되지 못한 채 삼켜지고 만다. 그런 점에서 새는 '나'로 하여금 입을 벌릴 수 있도록, 발화할 수 있도록 추동하는 계기가 되지만, '나'는 발화하는 순간 새가 "흉측하게 뭉그러질 것 같"은 불안에 휩싸인다. 그럼에도 "입술을 비집고" 나오려는 새를 거부할 수 없다. "나는 새의 반을 삼키고 구역질"하여 "새의 반을 뱉"는다. 이를 곤경이라고 할 수 없는 것은 저 환상을 경유한 주체가 "새와 나는/새를 공평하게 나누어 가진다"고 인식하는 데에서 비롯된다. 고요를 수행하는 배우를 응시하며 변화의 순간을 포착하고자 하는 시인에게 그것은 비록 절반의 발화일지라도 "깊이 아니라 개폐의 문제"임을, "꺼내자마자 휘발하는 그림자"로 존재하는 이에게 "아직 말라 죽지도 눈멀지도 자살하지도 않"(「독백에 대하여-토」)는 삶을 새롭게 추동할 수 있는 계기가 된다. 산문 「열무와 잎사귀와 달팽이」에서 자신의 시를 "열무 잎사귀 조각"이라고 말한 것처럼 문저온 시인의 시적 주체는 "휘지도 흔들리지도 않"은 채 "달팽이 한 마리"의 삶을 얹고 "좀 멀리, 좀 가볍게 그러나 팔랑 뒤집히면서, 비행과 낙하 사이를" 유영하며 활력적 유희의 장소인 시를 발화하게 될 것이다.

　이러한 기대는 "없는 사람에게/권"하는 "푸른 벼랑"처럼, "짐승 한 마리 다 빨아먹고서야/허공을 뚫어" 낸 "흰 구멍"(「부추 같은 우울」)처럼 불가능한 수행인지도 모르겠다. 끊임없이 머리를 들이밀고 자라는 불안에 떠밀려 배회하는 박영기 시인의 시적 주체마냥 "눈보라 치는 벌판을 달리다/눈송이로 만나/눈보라 속으로 사라"(「흰 낙타 이야기」)지고 말 것만 같다. 불안을 내면화한 주체는 "망망대해에 떠 있"는 '알밤 한 톨'이 되어 "넘을 수 없다는 말들이 가고자 하는 반대편"(「지구 반대편으로 가는 빠른 방법」)에 놓인 채 불필요한 여분으로, 잉여로 존재해야 하는 것은 아닌지 의문이 드는 것도 사실이다. 박영기 시인은 '괜찮아'와 '~고 싶다'라는 짜임의 구조로 이를 돌파해 나가고자 한다. 기실 '괜찮아'와 '~고 싶다'는 괜찮지 않음과 '~일 수 없음'의 상태, 즉 결핍을 은폐하는 기만일 수도 있다. 그러나 "안 괜찮아도 괜찮아", "와삭 부스러져도 괜찮아"(「충분한 휴식」) 등의 진술 이면에는 그렇게밖에 말할 수 없는 감정적 소요가 존재한다. 이는 시의 제목에서처럼 '충분한 휴식'을 취한다고 해서 "싱싱하게 살아날" 계제가 아니다. 그럼에도 '괜찮다'는 말에는 주술적 기능이 있어 "가장자리로 비켜선"(「오후의 동물원」) 존재의 '부추 같은 우울'로부터 내적 붕괴를 막는 데 용이할 수는 있겠다.

한편 「훔친 시」에서 반복된 '~고 싶다'의 상상력은 부득이하게 삶에 주어진 고통을 감내하고 그로부터 이어진 세계를 비끄러매는 데 유용한 것이기도 하다. 산문 「상상 속의 그 무엇」에서 "바다에 닿지 않고서는, 바다를 딛지 않고서는, 바다를 보지 않고서는, 쓸 수 있을까? 살 수 있을까?"라고 언급한 것처럼, 자신의 바다, 본색, 본질, 기질과 마주하지 않고 그것으로부터 도피한다면 실패조차 할 수 없기 때문이다. 시 「양파」에서 양파를 자르며 감각하는 "겹겹의 괄호들"이 표상하는 공간은 그저 "펼쳐 놓은 흰 노트"에 머무르지 않는다. 오히려 "빈 심중에 고이는 물의 근육"처럼 확정되지 않은, 어쩌면 확정할 수 없는 삶의 양태이자 실천적 층위에서 채워야 할 문학적 사유가 될 것이라고 박영기 시인은 말하고 있다. "달랑게들이 집게발로 모래를 퍼/입술로 꾹꾹 다"져 "모래구슬"을 빚어내는 것처럼 그리고 그 구슬이 "행성을 만들고/아이가 발자국으로 행성과 행성을 이어 바람의 자리"(「게와 파도」)를 비롯한 무수히 많은 자리를 만들어내는 것처럼, 갈망하고 위로하고 실천하는 것이야말로 삶을 살고, 삶을 쓰는 주체의 기투이자 분명한 자기 증명일 것이다.

이를 시적 형식으로 밀고 나가는 시인이 조행래 시인이다. 한 호흡으로 밀고 나가는 그의 시편들은 "살기 위해 소용하겠다는 살기를 품고 살해에 대한 사례로 얻은 목숨"으로 "따듯하고 번듯하게 다시 없이 끝도 없이 계속 지속"하여 "즐겁게 부디 굳이 즐거이 살과 살이 살갑도록"(「식도락」) 삶의 부면을 어루만지는 듯하다. 조행래 시인의 환유적 연쇄는 "모루 위에 누인 몸 위로 단단한 단잠이 드디어 단 하나의 단념이"(「칼잠」) 되도록 이끈다. 이때의 단념은 포기가 아니다. 오히려 부정적 상황을 무화시키면서 비가역적 변화를 이끄는 태연한 실천에 가깝다. "가루가 된 과로의 과거를 반죽하여 반죽음의 형상을 빚어내고는 채 마르기도 전에 기대어 넘어가지 않기를 명령하면서 밀치며 쓰러지는 쓰라린 치욕을" 감당하며 "각자의 꺼진 여유와 까진 살갗을 끌어안고 어디에도 어디로도 아무에게도 일어난 적이 없는"(「붕괴」) 붕괴로부터 "의연해지기 위해 좀 더 미세한 가루가 되더라도 끝내 녹아 흐르지는 않기 위하여 곤궁하게 굳건하게"(「양생」) 주체를 '양생'하기 위해 단념을 존재의 정서적 질료로 삼는 것이다. '곤궁'과 '굳건'의 충돌은 시적 자의식이 교차하는 현장으로서 "촘촘하기만 할 뿐인 그물의 무력을 빠져나가 말없이/흩날리는 가루"(「활개」)의 맥락을 형용한다. 주체의 내적 실재를 현상하는 발생론적 인식이라고 할 수도 있을 것이다.

"처져 버림의 편에서 버티고 선 것들을 이긴다"(「활개」). 시적 주체가 지닌 열망의 성패는 삶의 의지를 어떻게 수용할 것인가에 달려 있다. "전략의 전략을 펼치면서 아래로/접으면서 더 아래로" 내려가되 "결코 순응하지 않"음으로써 "순항하는 것"(「활개」)으로의 전환을 모색하는 일이 바로 그것일 테다. 이는 산문 「불꽃놀이하는 사람들」에서 불꽃놀이하는 사람들을 "생계를 위해 싸우며 하루하루를 계산하는 사람들"이자 "밤을 경작하는 사람들"로 인식하며 "외로움으로 맺어진 작은 공동체"로 바라보는 시인의 마음에 닿는다. 그렇기 때문에 불꽃놀이하는 사람을 조행래 시인은 "순간이 명멸하는 삶 속에서 진정 제대로 살아가는 시인들"로 동일시할 수 있는 것인지도 모른다. "가로등 없이 구부러진 길 위에서 죽어 가면서"(「산책」)도 "끝내 비우지도 넘치지도 못하고 빠진 만큼 채워지는 속도"로 "어디에도 소용되지 않"는 "허공에 싹을 틔"우며(「생장」) "새로이 차오르는 무게를 다시, 아주 낮은 자세로"(「낮은 자세」) 감당하고 추구하는 시인의 실존, 그 구체적 형상이 조행래 시인의 시에 맺혀 있다.

4.

그럼에도, 생활은 어렵고 일상은 버겁다. "구석의 바깥으로 넘어가는 마음 급한 냄새를 다독이"(「남겨진 죽음들」)고자 하더라도 구석으로, 바깥으로 밀려난 삶을 위무하기엔 우리의 힘이 부족하기만 하다. 서연우 시인은 '남겨진 죽음'으로 간주되는 삶의 고통스러운 현실을 고발한다. 서연우 시인의 시적 주체가 응시하는 대상은 '구석'에 놓인 존재이다. 구석은 내몰린 자들의 공간이며 의미를 지니지 못한 소외된 이들이 공동화된 장소이다. 세계의 구석에서 그들은 공백으로서의 실재를 찾으려 하지만 "아직 찾지 못한 죽음"(「남겨진 죽음들」)만이 머물러 있는 곳에서 쓰레기로 남아 있을 따름이다. 쓰레기로서의 존재, 잉여적 타자의 자리에서 그들은 죽지 못한 삶의 형상으로 은폐된다. 그 곁을 지나가는 우리는 이를 보지 못한다. 우리의 시계는 "아무도 바라보지 않으면서/아무나 바라보는 눈"(「삼호로 교차로」)으로 수렴되어 통상적인 것들을 향해서만 제한된다. '나'와 관련이 있는 것, 혹은 '나'에게 흥미를 끄는 것들에만 주의를 집중하며 그 외의 것은 흐릿하게 남겨 둔 채 "그냥 앞만 보고 가 가던 길을 가"(「삼호로 교차로」)기만 한다. 이러한 행위로 인해 비롯되는 격절감은 타자의 정동이 되어 주체에게 영향을 미친다. 구석에 내몰린 죽음으로서의 타자는 시적 주체의 인식 체계에 기입되면서 영락의 도상이자 지표로 기능한다. 그것은 "눈 감는다고 사라지는 세상이 아니"며 "사는 것이 낯선/살지 않는 것도 낯선" "하나일 수 없는 것이/하나가 되는,"(「메타세쿼이아를 베는 굉음」) 상징적 언어 질서로 포착되지 않는 무의식적 실재의 출현이 되어 주체의 위기를 불러온다. 거대한 존재를 베는 굉음처럼 불안의 자기 반영적 현상으로 주체의 내면에 새겨진다.

타자를 환대하지 않는 세계, "어느 쪽으로 가야 할지 모르고/어느 쪽으로도 가지 못하"(「메타세쿼이아를 베는 굉음」)는 방향 상실의 세계. 타자를 향한 웃음을 잃은 "새로운 폐허"(「눈사람」)의 세계에서는 마스크로 가려진 얼굴로 인해 모두가 모두에게 타자로 존재하며 자신을 보존하기 위한 생존 행위만이 남을 위험에 노출된다. 표상 불가능한 타자는 "빛을 몰고 들어가도 어둠이 달려나"오는 "터널"(「터널을 지나는 동안」)처럼 공백으로서의 실재만을 마주하게 한다. 그러나 계속 앞으로 나간다면 언젠가는 빠져나갈 수 있는 것이 터널이라서 실재의 진실에 가닿으려는 방향성을 잃지 않는다면 여전히 치열한 삶의 현장에서도 "잃어버린, 틈을 비집고 자라나는"(「누군가는 여전히 치열하게 싸우고」) 나무 한 그루를 키워낼 수 있을 테다.

그러니 조금은 엉망이라도 괜찮을지 모를 일이다. 서연우 시인의 타자를 향한 응시처럼 "바라본다는 건,/달아나지 않는 것"이라서 "손에서 놓지 않겠다는 마음으로"(「어느 골목에서 놓친 것들」) 참혹한 실재의 진실을 "바깥으로 내치지 말자며 다짐"(「밤에」)하는 심선자 시인의 읊조림은 심중의 불안을 감당하며 그것을 긍정하려는 태도로 이어진다. 퇴근길 육교 위를 올라 바라본 달을 통해 주체의 내면을 톺는 시 「퇴근」에서 달은 "더 빛나는 밤을" '나'에게 보여 준다. 밤이 지닌 부정성은 달로 인해 빛나는 무엇으로 전환된다. 그런 이유로 밤은 "흰 물감을 뒤집어쓰고 죽을 쒀 놓은 세상"에서 "흰 살이 죽죽 찢어져 날리는 것 같은" 비애의 시간이면서 "우리의 꿈은 여기에서 만들어진다"고 말할 수 있는 환희의 장소가 된다(「밤에」). 물론 비애와 환희가 모순 없이 조화를 이루는 것은 아니다. "사랑하는 것이 녹"아 "고요히 내려앉아"(「밤에」) 언제든 내쳐질 것을 염려해야 하는 불안을 추동하기 때문이다. 그러므로 「퇴근」의 시적 주체는 "그림자를 데리고 다"닐 수밖에 없으며 "기다랗게 뻗은 길을 하염없이 따라가다" "터져 나오는 울음"을 감당하며 "희미해진 사람처럼 아무것도 아"닌 자신과 마주쳐야만 했을 것이다. 이는 괄호 안에 두어야만 하는 '나'를 가까이 지켜보는 행위이자 결박된 존재를 괄호의 은폐로부터 지켜내려는 시적 주체의 내면적 고투에 가깝다(「모습」).

심선자 시인이 재현하고 있는 고투의 양상은 "의심과 의심이 엉겨 붙어 완성된 얼굴"(「크로와상」)의 형상을 띤다. 이는 산문 「엉망이라도 괜찮은가」에서 언급한 것처럼 "언젠간 모두 잘려 나갈 거야. 우린 여기서 떨어질 거야. 바닥에서 만나"라는 부정적인 마음의 행로에 가닿는다. "누구의 안이 되지 못"(「벽은 알지」)한다고 생각하는 주체의 불안은 "우리가 아닌 모든 것들이/얽히고설켜"(「우리들의 방」) 지르는 비명을 자기분열의 상처와 고통으로 누설함으로써 역설적이게도 희미한 존재로서의 자신을 긍정할 수 있는 계기를 마련할 수 있게 된다. "공중의 두려움을 모르는 난 바닥에 떨어"지겠지만 언젠가 다시 "내가 왔던 곳으로" 돌아가 "공중을 포"갤 가능성을 배태하기 때문이다(「공을 보세요」). "나는, 너니까"(「벽은 알지」)라고 확언하는 심선자 시인의 저 발화는 희미하게 존재하는 주체를 실감하는 동시에 자신과 같은 존재로서의 타자를 감싸 안으며 부정을 긍정하려는 소박한 윤리를 낳는다.

5.

알랭 바디우는 『비미학』에서 예술을 내재적이고 특이한 진리로서 사유할 때의 유효한 단위는 작품이나 작가가 아니라 사건에 의한 어떤 단절로부터 시작되는 예술적 짜임이며 이는 이름도, 유한한 테두리도 없고, 어떤 술어로 하나로 묶을 수 없는 것이라서 그 전모를 파악하는 것은 불가능하며, 단지 불완전하게 기술할 수 있을 뿐이라고 하였다. 이는 하나의 사건이 생산하는 단절과 그것이 형성하는 예술적 짜임을 어떻게 배치하는가에 따라 의미 맥락을 부여할 수 있다고 말하는 것과 같다. 차이의 장소에서 비롯된 시인들의 발화는 시라는 표상 안쪽에서 발생하는 자기 반영적 갈등을 사건화하여 예술적 짜임을 생성함으로써 그 첨예함을 엿보게 한다. 그리고 바깥에 편재하는 낯선 타자들과의 마주침을 통해 삶의 거친 부면을 어루만지는 공감을 불러옴으로써 불완전하게나마 기술할 수 있도록 한다. 개별적 시인의 삶의 세목들과 그곳에서 빚어지는 사건들의 전모를 알 수는 없겠으나 그들의 시적 발화를 톺으며 불완전하더라도 삶의 실재를 통찰해 보는 이유가 여기에 있을 것이다. 남길순, 김한규, 문저온, 박영기, 조행래, 서연우, 심선자 시인이 재현한 삶에 대한 고뇌가 우리 삶의 세부를 이루는 그 모든 경험의 층위를 총체적으로 보여주지 않는다고 하여도 상호 통섭의 열망으로 빚어낸 결은 우리 각각의 삶에 실천적 이행의 풍경으로 각인될 것임이 틀림없다.

기획 | 시골시인 – Q

이 공동시집은 '시골시인'의 릴레이 프로젝트입니다.

시골시인 — Q
2023년 7월 31일 1판 1쇄 펴냄

지은이	남길순 김한규 문저온 박영기 조행래 서연우 심선자
펴낸이	김성규
편집	김안녕 한도연 강서영
디자인	신아영
펴낸곳	걷는사람
주소	서울 마포구 월드컵로16길 51 서교자이빌 304호
전화	02 323 2602
팩스	02 323 2603
등록	2016년 11월 18일 제25100-2016-000083호

ISBN 979-11-92333-97-7   04810

ISBN 979-11-960081-0-9   (세트)